もう好きって言っていい?

伊達きよ

STARTS
スターツ出版株式会社

もう好きって言っていい？
Date Kiyo
伊達きよ
Illustrator
衣田ぬぬ
BeLuck文庫

[Character]

八《や》重《え》沼《ぬま》 奏《かなで》

高校二年生。理系。
趣味は〝糠漬け〟で、あだ名は「ヌカち」。
外見が美しすぎるがゆえに近づきがたい
オーラを放っているが本人には自覚がなく、
ただ距離を置かれていると思っている。
自己主張が苦手で、
コミュニケーションには自信がない。
昔ながらの平屋である祖母宅に住む、
おばあちゃんっ子。

二《にの》宮《みや》 翔《しょう》馬《ま》

奏の同級生。文系。
そこにいるだけで輝いて見えるような光属性男子。
人の気持ちを察するのが得意な、天性の
〝人たらし〟だが、そんな自分に少し疲れている。
唯一の接点である書道の選択授業で
奏ののんびりした性格を知り、
その素直さに惹かれていく。

[Story]

可愛い2人をチラ見せ♥

皆の人気者
二宮と、

俺と友達になろうよ

気づくとぼっちだった
ヌカち。

俺も二宮くんと友達になりたい

次第に……

“友達”という関係が、
2人を苦しめていき——…？

気になる恋の行方は本編で！

目次

一　ヌカちと三組の二宮くん　8
二　はじめての友達　29
三　夏休みのお誘い　41
四　八重沼奏という人（二宮①）　50
五　君とおでかけ　68
六　好きなこと、したいこと　86
七　どんどん惹かれていく（二宮②）　106

八　胸がちくちく　133
九　ゆびきりで約束　144
十　ヌカちの恋　151
十一　文化祭当日　174
十二　差し伸べられた手　186
十三　かっこわるい好き（二宮③）　201
十四　言葉で伝えること　229
十五　それからの二人　256
番外編　幸福な朝食　276
あとがき　306

一　ヌカちと三組の二宮くん

「ヌカち、スキンケアってなにしてる?」

「スキン、ケア?」

はてその横文字はなんだったか、と首を捻《ひね》る。

スキンは肌で、ケアは手入れ。つまり肌の手入れだ。俺は心の中でポンと手を打つ。

「石鹸」

「は?　こっちはガチで聞いてるから。冗談とかいらないの」

わかる?と語尾上げめに問われて、俺は「うん」と頷く。もちろん冗談なんて言っていない。……のだが、クラスメイトの白石《しらいし》さんは「ヌカち、絶対わかってないじゃん」と薄くピンクに色付いた唇を尖らせた。

ちなみに「ヌカち」というのは俺のあだ名だ。

本名（っていうのも変だけど）は八重沼奏《やえぬまかなで》、たしかに名前の中に「ぬ」と「か」は入っているけどまったく関係ない。ヌカちのヌカは糠漬《ぬかづ》けのヌカだ。

『八重沼奏です。五月五日生まれです。趣味は糠漬けです』

四月、高校二年生になって最初の自己紹介でそう言って以来、俺のあだ名は「糠漬けのヌカち」になった。それはじわじわとクラス中に浸透して、今では当たり前のようにヌカちと呼ばれている。

「もういいもん。ヌカちは自分の肌ピカの秘訣を教えてくれないんだ、ふーん、ふぅーん」

茶色の、いつもふんわりとウェーブがかった白石さんの前髪がほわりと跳ねる。ツン、とそっぽを向くその顔は十分にピカピカして見えた。

「白石さんの肌は十分綺麗だと思う」──じ、とその肌を見つめながらそう言うと、そっぽを向いていた彼女がバッとこっちを見た。

「やば。ヌカちだから勘違いしないけど、ヌカちがヌカちじゃなかったらそれ本当にやばいセリフだかんね」

ヌカち、が多すぎて内容がよくわからない。俺はよく理解できないまま「うん」と曖昧に頷いた。

白石は「ヌカちってほんとヌカちだよね」と言いながら、自身のグループの女子の元へと帰っていった。なんだったんだろう。

「……ヌカち、お前すごいよ」

と、今度は後ろの席の山本《やまもと》くんが話しかけてきた。野球部（のエースらしい。山本くんが言うには）の山本くんはさっぱりとした短髪で、程よく日に焼けていてとても健康的な肌色をしている。

山本くんは同じ「や」で始まる名字なので、なんとなく親近感が湧いている。俺は友達と思っているけど……山本くんはどうだろう。

「白石さんにあんなん言えるのヌカちだけだよ。あ、あと三組の二宮《にのみや》とか？」

「そうなの？」

自分のことも気になるが、「三組の二宮くん」というのは誰だろう。

俺と並列するように出された名前について確認しようと口を開く前に、山本くんが「あんな美人にさぁ」と話し出してしまった。

「話しかけられたら俺、『あ』とか『え』とかしか言えないよ」

へぇ、と言いながら俺はまばたきをする。どうして美人に話しかけられると「あ」「え」になるんだろう。俺は不思議に思いながら、山本くんの顔をジッと見つめてみた。

山本くんは俺の視線に気が付いたらしく「あ」と声をあげてから、「え」と気まずそうに首を傾げる。そして、手のひらを俺に見せるようにビシッと出してきた。

「ヌカちが男だってわかってても、その顔で見つめられると……困る」

「困る」

山本くんの言葉をそのまま繰り返す。

『人と話す時は、その人の顔を見ないといけんよ』

という祖母の教えを守っていたつもりなのだが、時々こういうことを言われる。

「ごめんね」

困ることをされるのは嫌だろう。俺が素直に謝ると、山本くんは「あ、いやいやいや」と首を振った。

「別に謝ることじゃないんだけど、なんていうか、こう……ヌカちに見つめられるとドキドキするっていうか、勘違いしそうになるっていうか、うーん……あぁ～」

最終的に、山本くんは腕組みして天を仰いでしまった。俺はやっぱりよくわかっていないまま「なるほど」と頷いた。

俺は母に『ピントがずれてる』『会話が噛み合わない』『ほんと空気読めないよね』なんて言われて育ってきた。多分それは本当のことなのだろう。現にこうやって山本くんを物凄く悩ませている。

俺は中学の頃まで友達らしい友達がいなかった。なんというかみんな俺が話しかけると不自然に離れていくというか……、多分、積極的に話したいタイプではないのだ。

高校に入ってからはそんな風に思われないように気をつけて、わかっていなくても、納得していなくても、「うん」と頷くことが増えた。そのおかげで、白石さんや山本くんにもこうやって気軽に話しかけてもらえているんだ……と思う。

（それは嬉しい、けど……）

わからないまま、本当の気持ちを伝えられないまま話をするのは、なんとなく悲しい気持ちになる。

本当の自分を出しても万人に嫌われたくないなんて贅沢なことは言わないけれど、せめて、せめて一人でも本音で話すことのできる人がいたら……。

（そしたら、学校生活ももっと楽しいのかもしれない）

もう一度山本くんに「ごめんね」と謝ってから、俺は窓の外へ目を向けた。抜けるような空は青く澄んでいて、もうすぐ夏が訪れることを教えてくれる。

（夏は、茗荷《みょうが》を漬物にしよう。山芋や、オクラとかもいいな）

気分が滅入りそうになる時は、自然と漬物のことを考える。そうすると少しだけ元気が湧いてくるのだ。……まぁ、こういうところが、いわゆる「ピントがずれてる」のかもしれない。

そんなことを考えながら、俺はぼんやりと青空を眺めた。青空に浮かんだ白い雲はまるでふっくらと丸い瓜《うり》のようで、少しだけテンションが上がった。

＊

なんの授業が好きかと聞かれたら答えに困る。

国語や古典は色々な物語の片鱗に触れられるから好きだし、数学はたくさんの数と向き合えるから好きだし、化学や生物は新しい発見がたくさんあって好きだ。唯一、体育だけはちょっと困ることが多いけど……それも含めて好きだ。

つまり俺は、大体どの授業も好きだ。

（選択芸術も、もちろん好き）

しゃりしゃりと墨を磨《す》りながら、俺は内心わくわくと心躍らせる。

半紙に筆を滑らせる瞬間も好きだが、こうやって水に少しずつ墨を溶かしていく時間も好きだ。半紙の手触りも、文鎮の重さも、なんとも言えない墨の香りも。

「墨溶かしてるだけなのにあんな美しいことある？」

「いや、それな」

さわさわと聞こえてくる話し声を聞くのも好きだ。会話の内容まではしっかり聞き取れないが、なんだか自分もそのおしゃべりに参加しているような気持ちになれる。好き、好きだな、好き、と心の中で歌うように好きなところを挙げながら、俺は墨を硯《すずり》の横に置いて息を吐いた。

選択芸術は、美術、書道、音楽の中からひとつ教科を選ぶタイプの授業だ。週に一回、他のクラスと合同で行われる。

仲のいい（多分、おそらく、きっと）山本くんは音楽を選択して、他に話ができそうなクラスメイトもいないので、俺は授業中大体一人で黙々と作業している。

誰とも話さないで何かをするのは慣れているので、困りはしない。

「なー、筆がカッチカチなんだけど」

「片す時にちゃんと洗ってねぇからだろ」

「そういう二宮は……あら、綺麗にしてんのな」

「二宮って意外と綺麗好きだよな」

「そういうとこまで抜かりなくマメだから女子にモテるんだって」

なるほど～、俺も真似しよっかな～と感心したような言葉と笑い声。さわさわ、どころではない元気すぎるおしゃべり、そして「二宮」という名前に聞き覚えがあって、俺はふと視線を持ち上げる。

斜め前の席に固まって座った彼らの真ん中に、黒髪の男子が見えた。横顔しか見えないからなんとも言えないが、鼻は高く頬もシュッとしていて、かっこいい。同じ制服を着ているのに、なんだか一人だけ芸能人のようだ。俺は芸能関係に疎《うと》いからちょっと自信がないが……周りの生徒も「モテる」と言っているので、多分間違いない。

（二宮くん、……あ、三組の二宮くん？）

二宮くん、二宮くん、と何度も口の中で転がして、その名前をどこで聞いたか思い出す。山本くんだ。前に山本くんが、「三組の二宮」と言っていた。

「ま、二宮がモテるのはマメさだけじゃなくて、この顔面ありきだから」

な、と肩を寄せられた男子はその黒髪をさらりと揺らして「それはそう」と笑っている。容姿を褒められて、それを否定せずさらりと笑いに持っていく「二宮くん」のその会話の巧《うま》さに、俺は目を瞬かせる。

俺も時々「顔が良い」と言われるけど、あんな風に言えたことはない。毎度「うん」とか「いや」とか無難なことを言って、そこで会話終了だ。

（それはそう、か）

今度使ってみるのもいいかもしれない。いや、俺がそんなことを言ったら場を凍らせてしまうだろうか。

むむ、と考え込みながら筆を硯に浸した、その時。

「あぁもうっ、全然柔《やわ》くなんねぇ！」

筆先を柔らかくするために墨汁に筆を浸していた男子が、それを大きく振り上げた。同時に筆先からピッと墨汁が飛び、後ろにいた俺の……制服の胸元から腹にかけて引っかかる。

「あ」

「うわっ、やべ……っ！」

白いシャツに黒いシミがじわじわと広がっていく。俺は呆然とそれを見下ろした。それから顔を上げて、墨汁を飛ばしてきた男子を見つめた。

彼はこちらを振り返っており、しっかりと目が合う。さてなんと言おうかと悩んだままジッと彼を見つめていると、何故か男子はたじろいだように身を引いた。

「な、なんだよ。悪かったって。そんな睨まなくてもいいじゃん」

別に責めているつもりはなかったので、俺はぱちぱちとまばたきする。そして「いや、そんなつもりは……」と言おうとした時。男子の隣からヌッと腕が伸びてきて、彼の頭が無理矢理に下げられた。

「ぐぇ」

「いいじゃん、じゃなくて。どう考えてもまずは『ごめん』だろ」

潰れたカエルのような声を出す彼の頭を下げさせたのは、「三組の二宮くん」だった。

「え、あ」

「な、それ洗いに行こっか」

二宮くんはサッと素早く立ち上がると、俺の腕を掴んで同じく立ち上がるように促してきた。そして一度その手を放してから、手のひらを上向けて差し出してくる。

「大丈夫？　行ける？」

「あ、うん」

断るのも変な気がして。俺は彼が差し出してくれた手に手を重ねる。

そして、誘われるまま教室を抜け出して廊下の洗い場に向かうことになった。

「先生～、制服に墨汁ついたから洗ってきまーす」

と教師にそつなく声をかけていくあたり、やはり彼はコミュニケーション能力が高いのだろう。なんてことを考えながら、俺は二宮くんに引きずられるように教室を後にした。


「落ちねぇな～」

二宮くんは「うーん」と唸《うな》りながら白い開襟《かいきん》シャツを宙に掲げる。俺は半歩後ろでそれを見守りながら、首を傾げた。

（なんで、俺のシャツを二宮くんが洗ってくれているんだろう）

洗い場に着いて、二宮くんに「ほら早く脱いで」と促されて、俺はあれよあれよという間にシャツを脱がされた。二宮くんはまったくためらうことなくそれをざぶざぶと水道水で洗い出した。

下にシャツを着ているので特段問題はないが、申し訳ない気分になる。だってそのシャツは俺のだし、二宮くんが汚したわけではない。

たびたび「自分でやるよ」なんて申し出ようと試みているのだが、二宮くんがテンポよく「寒くない？」「悪いな」「これ落ちるかな」と話しかけてくれるので「うん」と答えるだけで終わってしまっている。

二宮くんは正面から見ても、やっぱりかっこいい顔をしていた。さらりとした癖のない黒髪、少しつり上がり気味の目、機嫌良さそうに持ち上がった口元、全体的にくっきりとした顔立ち。多分二宮くんのような顔こそ、よく女子が言っている「顔面が強い」というやつだろう。身長も高く、シャツから伸びた腕もなかなかに逞《たくま》しい。もしかしたらスポーツもやっているのかもしれない。

（俺とは全然違うなぁ）

ほけ、とそんなことを思っていると、二宮くんが腕で顔を擦りながら「あ〜」と声をあげた。

「墨汁って水じゃ落ちないんか」

シャツを洗い場に引っかけて、いよいよ困ったように腰に手を当て首を傾げて。

「俺から買って返すように言って……」

「大丈夫」

おそらく弁償しようとかそんな話になりそうな気がして、俺は二宮くんの言葉を遮った。二宮くんは少し驚いたような顔をして「あー……そう？」と苦笑を漏らした。多分、俺が冷たく言い切ってしまったせいだ。

「いや、大丈夫っていうのは」

俺は焦って言葉を紡ぐ。

「墨汁は歯磨き粉で落ちるから」

「はみ……なに？」

二宮くんが腰に手を当てたまま、きょとんとした顔で問うてくる。俺は聞こえなかったのかともう一度「歯磨き粉」と繰り返す。

「歯磨き粉つけて歯ブラシでごしごし擦ると落ちるんだ。それでも駄目なら住居用洗剤を入れたぬるま湯に浸けて、また同じように歯ブラシで……」

「あー、ちょ、待って待って」

待ってと言われて、俺は言葉を途切らせる。

二宮くんは片手を腰に、片手を額に当てて、何故か肩を震わせていた。

「怒ってたんじゃないの？」

「？　怒ってないよ」

わざとじゃないし……、と続けると、二宮くんは「そっか」と息を吐いてから、ついで「ふっ」と吹き出した。

「すげぇ真顔だから怒ってると思ってた」

「怒ってないよ。真顔……真顔だったかな？」

にこにこはしていないかもしれないが、そんな恐ろしい形相を浮かべていたつもりもなかったのだが。俺は両手を頬《ほお》に当てて、むにぃ、とつまんでみる。と、二宮くんがますます笑みを深めた。

「その顔でそれするのは反則だろ」

何がどう反則なのかわからないので、俺は頬をつまんだまま困って首を傾げた。

「なぁ。俺、三組の二宮翔馬《しょうま》っていうんだけど、名前聞いてもいい？」

うちの学校は二年進学時に理系と文系が分かれる。一組から五組が文系、六組から十組が理系。校舎も分かれてしまうので、二年次以降両者は極端に関わりが減る。

（やっぱり、この二宮くんが、三組の二宮くんだったんだ）

ちなみに俺は八組だ。つまりそう、文系の二宮くんとはまったく交流がない。

どうりであまり見覚えのない顔だったはずだ。もし同じクラスなり近くのクラスなら、さすがに覚えていただろう。二宮くんはそれほどに存在感がある。なんというか、立っているだけでピカピカと輝いているような、そんな感じだ。

「ん、嫌だった？」

俺がいつまでも返事をしないからだろう、二宮くんが少し困ったように首を傾げる。

「全然。全然嫌じゃない。俺は八組の八重沼奏」

「八重沼。うん、よろしく」

手を差し出されて、俺はちょっと迷ってからその手を掴んだ。先ほどまで水に触れていたからだろう、二宮くんの手はひんやりと冷えていた。

「そういえば二宮くんも名前に数字が入ってるね」

「数字？」

「うん。俺は八重沼で八、二宮くんは二。一緒……あ、でも俺普段はみんなからヌカちって呼ばれてて、あんまり八重沼って呼ばれないけど」

二宮くんとの共通点とそうじゃないところについて思いつくままに話してみる。と、切れ長の目をきょとんと丸くした二宮くんが、一瞬くしゃりと表情を崩してから「わははっ」と笑いだした。それはもう廊下に響き渡るくらい思い切り。

「どうしたの？」

何故笑っているのかわからずその理由を尋ねると、二宮くんはゆるゆると首を振った。

「いや、……なぁ八重沼」

「ん？」

「俺と友達になろうよ」

どういう流れかわからず、俺は一瞬言葉に詰まる。が、「友達になろう」という響きが良すぎて……頭の中でそのフレーズだけがぐるぐると回る。

（友達になろう、友達、友達に……）

小学校の標語のような言葉だが、今の俺にとってこれほど嬉しい言葉はない。

「うん」

俺は握りしめた二宮くんの手をぶんぶんと上下に振って、力強く頷いた。

「俺も、二宮くんと友達になりたい」

「そっか、よかった。じゃあ今から友達な」

冗談のように軽く溢《こぼ》したであろうその言葉が、俺にとってどれほど嬉しい言葉だったかなんて、多分二宮くんはわかっていないだろう。

（初めて言われた）

高校生になって初めて言われたのだ。こうやって面と向かって「友達になろう」と。何がどう作用して俺と友達になりたいと思ったのかわからないが、二宮くんが嘘をついているようには見えない。

俺は嬉しさに緩みそうになる頬に内側から力を入れて、どうにか堪《こら》える。

「よろしくお願いします」

二宮くんのひんやりとした手を両手で包み頭を下げる。と、自分の体が目に入りシャツ一枚であったことを思い出す。

「こんな格好でごめんなさい」

もう一度ぺこりと頭を下げて謝ると、二宮くんはさらに笑みを深めた……というか大笑いした。もしかして二宮くんは笑い上戸というやつなのだろうか。

首を傾げながらも、俺は二宮くんとひたすら握手し続けた。

二　はじめての友達

「八重沼、今から体育なん？」

ほてほてと廊下を歩いていると、後ろから声がかかった。振り返ると自販機コーナーに二宮くんが立っている。

俺は周りを見渡して、二宮くんの言う「八重沼」が俺のことで間違いないと確信してから、彼の方へ数歩近付いた。

「うん。今から体育館でバレー。なんでわかったの？」

どうして廊下を歩いているだけで俺が体育に向かっているとわかったのだろうか。不思議に思って問いかけると、彼は自販機から取り出した紙パックジュースを片手に「はは」と笑った。

「や、だって八重沼ジャージ着てんじゃん」

「あ」

言われてみればそうだ。俺は少し恥ずかしくなって、誤魔化すように「へへ」と笑った。

「八重沼ってすごい繊細そうな見た目してるのに、意外と抜けてるよな」

自分の見た目が繊細かどうかはわからないが、「抜けている」のはそうかもしれない。

「抜けたくないんだけど、油断するとスコンと抜けちゃうんだよ」

困った、と腕を組んで唸ると、二宮くんがますます楽しそうに笑った。

「ヌカち～、授業始まっちゃうよ」

……と、白石さん含む女子グループが、通り過ぎざまに俺に声をかけてくれた。そういえば休み時間は十分しかないのだ。急いで向かわなければならない。

「うん、ありがとう。……二宮くん、またね」

前半は白石さんたちに。後半は二宮くんに向けて伝えて、俺は体育館へと歩き出す。

「八重沼」

　すると、二宮くんがまた俺の名前を呼んだ。「ん？」と振り返ると同時に何かが飛んできて、俺は反射的にそれをキャッチする。それ、は紙パックのジュースだった。

「それ、体育の後飲みなよ」

　な、と笑う二宮くんが寄越したそれはひんやりと冷えていて、初めて会話をした時の彼の手のひらを思い出させてくれた。

　俺はジュースと二宮くんの顔とを二、三度見比べてから「うん」と頷いた。

「ありがとう。後でいただきます」

　頭を下げて礼の気持ちを伝えると、二宮くんは「律儀ぃ」と笑って、そしてもうひとつジュースを（おそらく自分の分を）買ってから、背を向けた。

　ちょうど彼が階段の向こうに消えたあたりで、後ろからまた「ヌカち」と名前を呼ばれた。

「白石さん」

と、数人の女子が「早く〜」と呼んでくれている。俺は手に持っていた汗拭き用のタオルにジュースを包んで、彼女たちの元へ向かう。

「ねー、ヌカちって三組の二宮くんと仲良いの？」

「うん？」

また「三組の二宮くん」だ。まさかその言葉が白石さんから出てくると……。

俺は思わず目を瞬かせてしまった。……と、白石さんの隣を歩く花宮《はなみや》さんが「ねぇねぇ」と小さな声で問うてきた。

「二宮くんって他校に彼女いるってほんと？」

「え、私三年の先輩って聞いたけど」

「うそ〜。どっちもありそう」

きゃっきゃと盛り上がる彼女たちはどうやら俺を待っていたというより、二宮くんの話が聞きたかったようだ。

「なんで二宮くんの彼女が気になるの？」

どうして二宮くんの恋人の話を尋ねてくるのかわからなくて、ちょうど近くにいた花宮さんの顔を覗き込みながら聞いてみる。じ、と見つめてみると、花宮さんは何故か頬を赤くして「えー、えっとぉ」と言葉を濁す。

「そりゃあれだけかっこいいからさ、彼女いるか気になるじゃん？　二宮くん、優しいし、爽やかだし、なによりかっこいいし、人気だもん」

「別にワンチャン狙ってるってわけじゃないけどさ」

「アイドルに彼女いるかいないか知りたい的な感覚かも」

口ごもってしまった花宮さんの代わりに周りの女子が教えてくれる。

俺は「うん」といつも通りの返事をした。わかるようなわからないような、なんともいえない気持ちで。

「ヌカちにはわかんないかもしれないけど。ま、ヌカちだしね」

ぽろ、と溢すように誰かがそう言った。そこに悪意がないのはわかったし、実際その通りだったので反論する必要もない。けど、なんだか胸の中がしょっぱい。漬けすぎたきゅうりのようにしょっぱい。

（ヌカちだし、か）

「てか、三年の先輩といえば絵里《えり》さんがさぁ」

「あー知ってる。杉本《すぎもと》先輩と別れたんでしょ？」

白石さんたちは俺の微妙な反応に気付いた様子はなく、話の話題は二宮くんから三年の先輩へと移っていった。

(そういえば二宮くんは)

俺は意識を逸らすように二宮くんのことを考えた。

側では女の子たちがまだ恋の話に花を咲かせていたが、その声も段々と耳に入らなくなってくる。

(俺のこと、一回も「ヌカち」って呼ばないなぁ)

俺がみんなにヌカちと呼ばれるのを知っても、そう呼ばれているのを見かけても、二宮くんは俺のことを「八重沼」と呼ぶ。

彼のハスキーな声を思い出して、俺の心は少しだけ明るくなった。

＊

不思議な縁で知り合った二宮くんだが、彼は本当に俺と友達になる気があったらしい。

初めて話したあの日。連絡先を交換した二宮くんは、それ以来頻繁に俺にメッセージを寄越してくれるようになった。

『何してんの？』

『四限の古典めっちゃ眠い』

『体育のサッカーでゴール決めちゃった』

『でっかい虹出てたよ』

なんて、時には写真まで送ってくれる。二宮くんにもらった虹の写真は今、俺のスマートフォンのホーム画面とメッセージアプリのアイコンに設定されている。

スマートフォンの画面の中でピカピカと輝く虹を見つめてから、俺は戸棚の中から糠床を取り出す。

ぱか、と蓋を開けると表面が薄ら白く、酵母菌が出てきているのが見えた。こうなると乳酸菌たちも元気になっている証拠だ。

「よしよし」

手を突っ込み、底から上までくるんと入れ替えるように天地返しの要領でかき混ぜる。

もうすぐ夏になるので、そろそろ冷蔵庫に入れようかな。そんなことを考えながら、用意していたきゅうりを糠床に漬ける。

「糠床はいい調子かい？」

台所のテーブルに腰掛けて梅のヘタを取っていたばあちゃんが問うてきた。

俺は「うん」と頷いて、汚れていない方の手で蓋を閉める。

ばあちゃんは嬉しそうに「そう」と微笑んだ。染めていない白い髪をきゅっとひとつにまとめたばあちゃんは、小柄ながら姿勢もよくいつだってシャキッとしている。俺の肩くらいまでの身長だが、存在感は俺の倍以上ある。なんというか、生命力に溢れているのだ。近所の人にも「伊東《いとう》さん（ばあちゃんの名字である）は年中無休でお元気ねぇ」と言われるほどだ。俺はそんなばあちゃんが誇らしくて、大好きだ。

「明日にはいい具合に漬かってると思う」

「そうかい。それにしても上手くなったねぇ、糠床かき回す手つきも立派なものじゃないか」

目尻に皺《しわ》をキュッと寄せながら笑うばあちゃんに、俺は照れ笑いを返す。

「そう？　糠床の師匠であるばあちゃんに褒められると嬉しいな」

そう、ばあちゃんは俺の糠床の師匠だ。

糠の作り方から菌の発酵のさせ方、かき混ぜ方、美味しい漬け時間。その何もかもをばあちゃんは丁寧に教えてくれた。小学校の頃から教わっており、かれこれ十年ほどになる。

俺は今、ばあちゃんと二人で暮らしている。

父さんと母さんは東南アジアのとある国に住んでいる。父さんの仕事の都合だ。ちょうど高校に進学するタイミングだったし、母さんに「奏が海外でやっていけるわけないじゃないの」と断言されたので、ばあちゃんの家にお世話になることになった。

幼い頃からこの家で過ごすことが多かったのでまったく苦ではなかったし、正直……少しだけホッとした。多分母さんの言う通り、俺は海外でやっていけるような性格ではないからだ。

「ヘタ取り、手伝うね」

手を洗って、ばあちゃんの向かいに座る。ボウルの中に入った梅をひとつ手に取って、ばあちゃんに倣《なら》って爪楊枝《つまようじ》でヘタを取る。

黒いヘタと梅の実の隙間部分に爪楊枝を当てて、くるんと回すように力を込めるとポロリとヘタが取れた。ヘタを取った梅干しは焼酎をまぶして殺菌してから塩漬けにするのだ。その後一ヶ月ほど経ってから、天気のいい日に天日干しすることになる。俺は毎夏こうやって、ばあちゃんと梅干しを作っている。

「最近、良いことでもあったのかい？」

「え？」

「えらく表情が明るいじゃないか」

梅に視線を落としたまま、ばあちゃんが穏やかにそう言ってくれた。自分がどんな顔をしているかなんてわからないからなんとも言えないが、明るくなった理由はすぐにわかる。

「うん。最近ね……友達ができたんだ」

俺がそう言うと、ばあちゃんは「そうかい、そりゃあよかったなぁ」とやはり穏やかに言ってくれた。派手に喜ぶでも、どんな子かと聞くでもなく、ただ「よかったな」と言ってくれるばあちゃんが好きだ。

俺は「うん」と頷いてから、手元の梅を見下ろした。薄く赤みがかった黄色い完熟梅は、ほんのり甘酸っぱい香りがする。その爽やかな香りは、何故だか二宮くんの笑顔を思い出させた。

(梅干しが出来たら、食べてみて欲しいなぁ)

ばあちゃんの作る梅干しは容赦なく酸っぱくて、食べると顔がくしゃくしゃになる。けどすっきりと元気が出るし、おにぎりの具にしたら最高だ。

（でも……）

しかし、それが叶わないことくらい、ちゃんと理解している。

俺にとって糠漬けや梅干しを作ることは当たり前のことだけど、クラスメイトや二宮くんにとっては違う。糠漬けを作るなんて、珍しくて、面白くて、おかしいこと。だから俺はみんなに「ヌカち」と呼ばれるのだ。糠床をかき混ぜる変な男、ヌカち。

別にそれが嫌なわけではないけれど、せっかく俺を「八重沼」と呼んでくれる二宮くんにまで「ヌカち」と呼ばれるようになったら……なんとなくショックを受けてしまうような気がした。

（なんでだろ）

別にヌカちというあだ名が嫌なわけじゃない。でも、二宮くんにはそう呼ばれたくない。

それがなんでなのかわからず、俺は内心「はて」と首を傾げた。

三　夏休みのお誘い

「な。夏休みに入ったらどっか遊びに行かない？」

そんなことを言われたのは、ちょうど期末試験の真っ只中だった。

二宮くんに誘われて、校内の自習室で一緒に勉強していた時だ。

「遊び？」

「そう」

二宮の机の上には、飴やら個包装のチョコやら紙パックジュースが並んでいる。これはみんな「あ、二宮じゃん」「二宮くん勉強中？」なんて話しかけてきた二宮くんの「友達」が彼に渡してきたものだ。二宮くんは慣れた様子で「ありがと」とそのすべてを断ることなくさらりと受け取っていた。

「八重沼もいる？」と聞かれたが、俺はそれを丁重に断った。

「それは二宮くんに食べて欲しくて渡してくれたんだと思うから」

そう言うと二宮くんは少し目を丸くしてから、何故か嬉しそうに「そうだな」と頷いていた。ちなみにその後「なんか、ちょっとした祭壇みたいだね。二宮くん、神様みたい」と言ったら、彼は盛大に吹き出した。近くの席にいた女生徒が一瞬迷惑そうな視線を向けてきたが、二宮くんが「ごめん」と笑顔を向けると、どことなく嬉しそうに首を振っていた。なんでもそつなくこなす二宮くんは、本当に神様みたいだ。

そんなみんなに慕われる神様（仮）な二宮くんに勉強に誘われて、俺は最初「?」と首を傾げてしまった。

「クラスの友達とはしないの？」

素直な気持ちでそう尋ねると、二宮くんはあっさりと肩をすくめた。

「クラスのやつらとやると絶対大人数になるから。途中で遊びに走って勉強しなくなる」

なるほどというかなんというか。これまで友達と一緒に勉強をしたことがなかった俺には未知の世界だ。

二宮くんは基本的に、クラスの友達と行動を共にしている……らしい。結構がっしりとした体付きなので何か部活に入っているのかと思ったが、一年からずっと帰宅部とのことだった。ただ中学まではサッカーのクラブチームに所属していた、と聞いて「やっぱり」と納得した。

ほー、と感心して頷いていると、二宮くんは「八重沼は静かに勉強しそう」と言ってくれた。まぁたしかに勉強中に独り言を言ったりしないけど、と肯定すると、二宮くんはまた笑っていた。理由はよくわからないけど、二宮くんは会話の最中によく笑ってくれる。馬鹿にしたような笑いじゃなく、本当に心の底から「おもしろい」という感じの笑い方だから、嫌な気持ちにならない。

「あとで話そうな」

二宮くんが俺の方に顔を寄せて、こそ、と呟いてくれる。俺は声を出さないまま「うん」と頷いた。

勉強を終えて、夕暮れの帰り道。

バス通学の二宮くんと、電車通学の俺は、本当は一緒に帰る必要なんてない。高校の最寄りのバス停は、学校の目の前にあるからだ。

しかし二宮くんは必ず俺を駅まで送ってくれる。それからわざわざバス停まで歩いて引き返すのだ。

「送ってくれてありがとう。いつもごめんね」

「いや？　俺が八重沼と一緒にいたいからついてってるだけ」

二宮くんはまるで冗談を言うようにおどけてそんなことを言う。俺は笑って返して、そして「あのさ、さっきの」と話を切り出した。

「夏休みになったら遊ぼうってやつ」

「うん。大丈夫そう？」

けろ、と明るい調子で問われて、俺は少しだけ言葉に詰まる。

「大丈夫だけど……」

だけど、俺と遊んでも楽しくないかも。……と口にしようか迷って、黙り込む。

「まじ？　よかった。一回学校じゃないとこで遊んでみたかったんだよな」

二宮くんは俺の葛藤に気付いていない様子で、楽しそうに「どこ行こっか」なんて笑っている。思わずつられるように笑ってしまって、俺は「うん」と頷いた。

俺は二宮くんの言うような「おもしろい」奴じゃないと思うけど、こうやって誘ってもらえるのは嬉しい。どこに行こうかなんて考えてもらえるのも嬉しい。なんだか自分が特別な人間になったような気持ちになる。

（そんなわけないのに）

なんて卑屈なことを一瞬考えて、俺はぶるるるっと首を振った。そんなことを考えるなんて、楽しみにしてくれている二宮くんに失礼な気がしたからだ。

「なに突然。風呂上がりの犬の真似？」

俺の挙動不審を見て、二宮くんが笑いを堪えたような震え声で問うてきた。なんだか独特なたとえだが、乗っからせてもらおう。

「うん。そう、犬」

俺がきっぱりと言い切ると、二宮くんはまたも大笑いしてくれた。何がそんなに面白いのかわからないが、二宮くんは本当によく笑う。

「二宮くんって、よく笑うよね」

笑いの沸点が低い、というやつなのだろうか。そう思って問いかけると、二宮くんは「いや」と首を振った。

「普段はこんなに笑わないから」

目尻の涙を拭いながら言うその言葉はかなり信用がないが、俺は「そうなんだ」と頷いておいた。多分、二宮くんには自覚がないのだろう。下手に否定するとショックを受けるかもしれない。

余計なことを言わないようにと、もに、と口元を引き締めておく。と、まだ笑いの残滓《ざんし》を残したような微笑みを浮かべた二宮くんが「ほんとほんと」と溢した。

「八重沼の前だけだよ、こんなの」

その言葉を聞いた瞬間、何故か胸の奥がキュッと引き絞られたような感覚を覚えた。驚いて胸元をパタパタと叩くと、それはあっという間に落ち着いた。

一体なんだったのだろう。

「今度はなに？」

二宮くんは、目尻の涙を拭いながら笑っている。どうやらまた「ツボ」に入ったらしい。

「なんだろう……急な息切れ、動悸？」

俺にもよくわからなかったので素直に首を傾げる。

二宮くんは体を折り曲げるように腹を抱えて「なんだそれ」と爆笑した。

＊

期末試験も無事に終わり、そわそわと落ち着かない雰囲気の数日があっという間に駆け抜けて、もうすぐ夏休みがやって来る。

長期休みといえば家で過ごしたり図書館に出かけたり散歩したり……というルーティンを繰り返すだけなのだが、高校二年生の夏休みはちょっと違う。なんと友達と遊びに出かけるのだ。

何を着ていったらいいかよくわからなかったので、以前母さんに買ってもらった服の中から「まぁ似合ってるんじゃない？」と言われたものを選ぶことにした。

母さんはよく俺に服を買ってくれた。

「奏が良いのは見てくれだけなんだから。せめて良い服着て着飾りなさいよ」

なんて言って。

そう。俺は特に面白みもない、顔だけ（は、いいらしい。自分ではよくわからないが）の人間だ。友達との遊び方も知らない。知っているのは糠床のより良い保存法とか、梅干しの漬け方とか、美味しいかき氷の作り方とか、墨汁汚れの落とし方とか、そんなことばっかりだ。

（こんな感じで、二宮くんと遊んで楽しめるかな？）

そんな不安が付き纏《まと》っていたが、今更この性格をどうこうするなんてできなくて。

そんなことをぐるぐる悩んでいる間にも時は過ぎ日にちが経って、あっという間に修業式がやって来た。

四　八重沼奏という人（二宮①）

「二宮くんは夏休みなんか予定あんの？」

「んー？　まぁぼちぼち」

　終業式も大掃除もホームルームも終わった放課後。

　わざわざ隣のクラスからやって来た女子の集団に話しかけられる。自分に自信を持っている彼女たちは、隣のクラスにやって来ることにも、いわゆるクラスの一軍男子たちに話しかけることにもためらいがない。というより、それにそこはかとない優越感さえ滲ませている。

　現に彼女たちは俺や友達に話しかけながらちらちらと周りを見ている。俺たちと話すことがステータスであるかのように。

（くっだらね）

うんざりするも、もちろんそんなことは一切表に出さない。その代わり、こうやって胸の内でしれっと相手を軽蔑している。

（やな奴だよなぁ）

自分で自分をそう評する。そう、俺は「優しい」だの「マメ」だの言われるが、実際のところそういい奴ではない。

俺は自分の見た目の良さを自覚している。それが要らぬ妬みを買ったり、諍《いさか》いの種にならないよう、程よく調整しながら生きてる。だって、その方が生活していく上で都合がいいからだ。

俺は何気ない顔をしたまま、手元のスマートフォンに視線を落とした。

メッセージアプリを開いて、一番上にピン留めしている相手とのメッセージボックスを開く。が、朝に送った『今日一緒に帰らない？』という自分のメッセージは既読になっていない。

（学校でほとんどスマホ見ないんだよなぁ）

今時、そんな高校生いるだろうか。……いや、いるのだ。しかもとても身近に。その「相手」のことを想像して、俺は思わず「ふ」と笑ってしまった。

と、俺の微笑みをめざとく見つけたらしい女子がきらきらとした目を向けて来る。俺はわざとらしくない程度に視線を逸らす。

「二宮くんさ、夏休み予定ないなら遊びに行かない？」

ほら来た、と心の中で溜め息を吐く。が、もちろんそれを態度に出すことはない。他の女子の視線や、友達の「おい誘われてるぞ」と急かすような空気を察して、その上で「えー？」と明るい声を出す。

「ここにいるみんなで行けるようなとこってどこ？」

「え？　あ……」

「暑いし、プールでも行く？」

にこ、と笑って提案すると、誘ってくれた女子は「あーうん、そうだね」と恥ずかしそうに顎《あご》を引く。周りの女子は「あちゃ～」という顔をしていた。

友達には「またそうやってかわして」「あの子絶対二宮狙いだろ」と後で小言のように言われるかもしれないが、別にいい。面倒なことを避けて何が悪いというのだ。

グループの中で、俺は爽やかイケメン枠。積極的に喋る方じゃないけど、冗談も言うし、空気は読むし、遊びにも乗る。けど、特別な人は作らず、誰とでも満遍なくつるんでる。ここにおける「俺」はそんな人間だ。俺はちゃんと、そういう自分の役割を把握している。

波風立てずに学校生活を送るには、それが一番なのだ。

（時々、楽しくないけど）

俺の発言から「じゃあみんなでプール行こうよ」「いつ行く？」と予定決めが始まってしまった。俺はそれを笑顔で聞き流しながら、もう一度スマートフォンを手に取る。……と、タイミングよくそれがヴヴッと震えた。

『八重沼：一緒に帰る件、了解です』

画面に映し出された学生らしくない堅苦しい文面に、俺は耐えきれず「ふっ」と大きく吹き出してしまう。

「なに、二宮どしたん？」

「吹き出すとか珍しいね～」

途端、周りが珍しげに問うて来るが、俺は「いーや、なにも」と答えをはぐらかして微笑みだけ向けておく。

八重沼からメッセージが来て、その内容が可愛くて、思わず笑ってしまったなんて……誰にも教えたくなかったからだ。

＊

八重沼奏、という人物を知らない者はこの学校にいないと思う。いや、名前と顔が一致しているかどうかは抜きにして、彼の顔を一度見て忘れることができる人がいたら教えてもらいたい。彼は、『八重沼奏』はそれほどに美しい顔をしていた。

（浮世離れした、ってああいう奴のことを言うんだろうな）

俺ももちろんそんな八重沼のことは一年生の頃から知っていた。なにしろ入学式の時点で、彼は目立っていた。まるで彼の上にだけスポットライトの光が降り注いでいるかのように……いや、自ら光を発しているように輝いていて。少し動くだけで何かこう……天国で流れていそうな荘厳《そうごん》なメロディが聴こえてきそうな、そんな感じだ。まぁ天国でどんな曲が流れているかなんて知りもしないけど。

俺も世間一般的に「顔が良い」と言われる部類だが、そういうのとはまたちょっと違う。純然たる「美」だ。たとえば俺がアイドル的な顔の良さ（自画自賛が過ぎるが、あくまでたとえだ）だとしたら、八重沼の顔の良さは美術品。しかもとんでもなく大きな美術館にメインで飾られて、誰も触れないようにガラスケースで包まれて警備までついているような……そんなレベルだ。

とはいえその時の俺は、そんな八重沼に対して「ふーん」という感想しか抱いていなかった。なんの感情もないただの「ふーん」だ。なにしろ、クラスが離れていて会話をしたこともなかったし、彼と繋がりのある友達もいなかったからだ。

顔は綺麗だなとは思いはしたけど、それだけだ。

流れてくる噂によると『孤高の存在』『違う世界線で生きてる』『なんか近寄りがたいし会話できない』ということらしかったので、中身もちょっと普通じゃないのかもしれない。そんな人柄も何もわからない状況じゃ、顔以外になんの感想も抱きようがないだろう。

文理で分かれる二年生になって、その時もまた校舎が離れたので、これから卒業まで関わることはないと思っていた。……のだが、その八重沼奏と思わぬ形で知り合うことになった。選択授業だ。

選択授業なんてほとんど遊びのようなもので、真面目に「よし、頑張って良い作品を作るぞ」なんて意気込んでいる者はほとんどいない。授業中は大体だらついた雰囲気が漂っている。

そんなだらけた雰囲気の中、八重沼は黙々と書道に励んでいた。

八重沼は、その派手な見た目に反して寡黙な人物だった。そしてそんな八重沼に、あえて誰も話しかけたりはしない。まるで暗黙のルールのように。

八重沼奏はいつも一人だった。

八重沼が「そう」であることは何もおかしくないように見えた。間近で見る八重沼はやっぱりどこか浮世離れしていたし、背筋をピンと伸ばし黙々と墨を磨る仕草は教室の中で一人ぽっかりと浮いていた。

そんな八重沼と話すことになったきっかけは、一緒に授業を受けていた友人が八重沼の服に墨汁を飛ばしたことだった。

白い制服に黒いシミを作られた八重沼は無表情でそれを見下ろしていて……静謐《せいひつ》な怒りを湛《たた》えているように見えた。友人はすっかり萎縮して、その萎縮を誤魔化すように「そんなに怒るなよ」と悪態を吐いた。

さすがにそれは良くないだろ、と助け舟を出して八重沼を教室の外へ連れ出して。そしてそこで初めて直接言葉を交わして……八重沼が、見た目にそぐわず純朴な性格の青年であることを知った。いわゆる「天然」とも違う……うん、やっぱり純朴って感じだ。

八重沼は、墨汁汚れに対して怒るでもなく「歯磨き粉で落ちる」なんて言いだした。美術品のような顔をしながら、歯磨き粉で墨汁を落とすなんて……。

そのアンバランスさがあまりにも面白くて、俺は久しぶりに心の底から笑ってしまった。いつも、「ここで笑った方がいいかな」とか「笑っとけば相手がいいように解釈してくれるだろ」とか、そんなことばっかり考えて笑顔を浮かべている俺が。自然と。

それで、俺は「おもしろいな」という、単純な好奇心から八重沼に「友達になろう」と提案した。

その時は本当に、そういう軽い気持ちだったのだ。だって天使みたいな見た目に素っ頓狂な中身なんて、面白い以外のなにものでもないじゃないか。

そう。俺は知らなかったのだ。その後、まさか自分が八重沼に……彼の名にある通りまさに「沼る」ことになるなんて。

＊

「お待たせ〜」

「二宮くん」

待ち合わせの場所である昇降口に現れた俺に、八重沼はパッと嬉しそうな笑顔を向けてくれた。

途端、八重沼を見ていたらしい女子の軍団から「きゃっ」と悲鳴のような声が上がったが、八重沼はそれに気付いた様子もなく「暑いね」なんて微笑んでいる。ほとんど真夏といっても差し支えない気候なのにやたら涼しげに見えるのは、やはりその風貌《ふうぼう》のせいだろう。

「なんか冷たいもの食べたくなるな」

「かき氷とか？」

「アイスじゃないんだ」

冷たいもの、といってすぐに「かき氷」が出てくるのがなんだかおかしくて笑うと、八重沼は「うん」と頷いた。

「夏は、自分でよく作るんだ」

「かき氷を？」

「そう。牛乳を凍らせて、それを氷にして作るととっても美味しいよ」

しゃりしゃりとかき氷機で牛乳氷を削る八重沼を思い浮かべながら、俺は「へぇ」と頷く。

「美味しそう」

「うん。だから……」

と、何か言いかけた八重沼が不自然に言葉を切った。足元に目を向けていた俺は、その時の八重沼の表情を見逃してしまう。顔を上げると、八重沼は控えめに微笑んでいた。

「ん？」

「ううん。……蜜も、手作りするんだ。黒糖で作るのが美味しいんだよ」

「へぇ、すごいじゃん」

話しているうちに、なんだか本当にかき氷が食べたくなってきた。帰りがけにコンビニで買って食べるのもありかもしれない。

そういえば八重沼は「帰り道に買い食い」というのをしたことがなかったらしい。この間の帰り道、「ちょっと寄っていい？」とコンビニに寄って、付き合わせた礼にとグミをあげたら「これ、ここで食べてもいいの？」ときょとんとした顔をしていた。俺は「当たり前じゃん」と笑ったのだが、八重沼は真剣な顔で「道端で何か食べるの、初めてかもしれない」と呟いていた。なんとまぁ、今時珍しいくらいの箱入りだ。

真剣な顔でグミと向き合う八重沼がおかしくて、可愛くて、俺はまたも彼に笑わされてしまった。

そう。ただ「おもしろい」と思って友達になった八重沼なのだが、彼の人となりを知れば知るほど、彼が……やたら「可愛い」ということに気付かされる。

「八重沼、電車までまだ時間ある？」

「え？　ちょっと待ってね」

俺の問いかけに、八重沼は鞄の中からいそいそとスマートフォンを取り出すと、画面に表示された時間を確認する。

　そのホーム画面は虹の写真が登録されていて。その写真を送ったのは、何を隠そう俺だ。ただ話のネタにと送ったその写真をホーム画面に設定しているのを見た時は、さすがにひっくり返るかと思った。

「二宮くんが撮った虹だと思うと、ますます綺麗に見えるんだ。写真でも、二宮くんと同じ虹を見れて嬉しい」

　なんて真面目な顔して言うから、なおさらだ。

　芸術品のような顔をくしゃりと崩して笑って、そんなことを言われて。八重沼が女だったら確実に「え、絶対俺のこと好きじゃん」って勘違いしてると思う。これを策略じゃなく本音で言っているのだからすごい。

　俺は思わず「うーわ、可愛い」と言いかけて、やめて。ただ、キュンとなった心臓を服の上から押さえるだけで我慢した。八重沼はそう、何かと俺の心臓をキュンとさせる。

　これまで友達に対して「おもしろい」とか「良いやつ」くらいは思ったこともあるが、可愛い、なんて初めての感情だ。

ありえないだろ、男だぞ。と思うものの、飴をあげた時の笑顔とか、待ち合わせ場所に現れた時にちょっとだけ上げる手とか、美術品のような無表情がふわりと笑顔に変わる瞬間とか。そういうのを見るたびに「あ――！　可愛いなぁもう」とでれでれの笑顔になりそうになるのをどうにか耐えているのだ。

（なんでこんなに惹かれるんだろう）

八重沼とのやり取りは、とても新鮮で面白かった。

八重沼はなんというか、物の見方が真っ直ぐなのだ。俺が言うことにいちいち「そうなんだ」と驚いて、喜んで。わからないことには「それってどういう意味？」と聞いてくる。人にものを尋ねる恥ずかしさより、知らないことを知りたいというその素直さが、羨ましくさえある。

八重沼は一事が万事そんな感じなのだ。お高くとまっている様子なんて欠片もなかった。まぁ多少浮世離れしているところがあるのは事実だが。

（まぁ、八重沼が「そう」見えるのは、外見の要因が大きいよな）

俺は隣を歩く八重沼を、ちら、と見やる。光の加減によってはアッシュグレーにも見える色素の薄い髪が、歩くたびにほわほわと揺れて美しい。わずかに伏せられた長いまつ毛が、その美しい顔をさらに繊細に彩っていた。

見た目、イメージの先行。八重沼の場合その美貌のせいで、それに拍車がかかっていた。一応「ヌカち」なんてあだ名はあるっぽいし、八重沼自身はクラスに馴染みたいと思っている様子だったが……どうも上手くいってないようだ。

八重沼は多分、友達という存在が欲しいのだろう。

一緒にいる時、俺が友達に話しかけられると「いいな」と羨ましそうな目で見ていることが多い。八重沼は俺の友達にも話しかけたい様子だったが、話しかけられる方が八重沼の美貌にビビってしまって……無理だった。

俺と違って八重沼は、自分が周りにどう見えているか、なんて気にしている様子はない。自己プロデュース能力が皆無なのだ。だからなんの衒《てら》いもなく話しかけようとして、そして撃沈する。八重沼に「普通」に話しかけられても、相手は「お、俺? 俺に話しかけてる?」となる。多分、話の内容なんて頭に入ってこない。

腰が引けて、その目にジッと見つめられることに慣れなくて、そして「あ、うん、じゃあ」という感じでそそくさと逃げるしかない。俺からしてみれば「だろうな」という感じだが、八重沼にはそれがわからない。ただ自分が避けられている、話しかけても良い顔をされない、という認識だけ残る。

気の毒だし、時々は助け舟を出す。けど、本気で八重沼に友達を作ってやらなきゃ……なんてならないのは、なんとなく「自分が八重沼の唯一でありたい」という気持ちがあるからかもしれない。

（なーんか……）

こんなつもりはなかったのだが、気が付けば俺はせっせと八重沼にメッセージを送り、一緒に帰ろうと誘い、ついには夏休みに遊ぼうなんて言って。

（沼ってるよなぁ）

こんなに特定の人物が気になるなんて初めてだ。

誰かと深い関係になるとか、自分から積極的にアプローチするとか、今までの俺からは考えられない。

もうちょっと余裕を持って、程よい距離感で友達関係を築いていった方が都合が……。

「二宮くん？」

「ん？」

考え事の途中に名前を呼ばれて、俺は八重沼に顔を向ける。

「電車。何本か遅らせていいから、時間あるけど」

そういえば時間があるか聞いていたんだ、と思い出し、俺は「あー」と曖昧に頷いた。そうだったそうだった。

「じゃあさ、コンビニでかき氷買って食べてかない？」

な、と首を傾けて問うと、八重沼はしぱしぱと長いまつ毛に縁取られた目を瞬かせた後「うん」と力強く同意してくれた。

「実はさっき、二宮くんとかき氷食べたいなって思ってたんだ」

「あ、そうなん……」

そういえばさっき、八重沼が何かを言い淀んでいたのを思い出す。あれは、俺とかき氷が食べたい、と言いたかったのだ。

「願いが叶って嬉しい。ありがとう。二宮くんはなんでも願いを叶えてくれる、魔法使いみたいだ」

端正な顔をふにゃりと緩めてそんなことを言われて、俺は「ぐ、可愛い」と奥歯を噛み締める羽目になってしまった。

（だぁから、可愛いってなんだよ、可愛いって）

顔には出さないまま、自分で自分に突っ込む。

適切な距離を取りたいのに、八重沼が異常な吸引力で俺を引き寄せる。

一体全体何がどうなっているのか。俺にも自分の気持ちが全然わからない。

可愛い、一緒にいたい、連絡したいし声も聞きたい。なんなら顔も見て、その笑顔に癒されたい。けど誰にでも見せたくない、独り占めしたい。もう、ぐちゃぐちゃだ。

こんな気持ち、生まれて初めてだった。

五　君とおでかけ

「八重沼、おはよう。待った？」

待ち合わせ場所の駅に現れた二宮くんは、当たり前だけど私服だった。俺は「おはよう。全然待ってないよ」と答えながら、そんな二宮くんを見やる。

しっかりした厚い生地の白シャツにジーンズ、腕には少しごつめのスポーツウォッチ、足元は派手な色のスニーカー。それでもって、おしゃれな黒い帽子を被っている。

（おしゃれだなぁ）

俺はファッションに詳しくないが、間違いなく二宮くんは「洒落《しゃれ》ている」と断言できた。ひとつひとつはなんてことないアイテムなのに、二宮くんが身につけるとそれだけでパッと華やかに見える。それでもって、とても大人っぽくて……なんだか知らない人みたいだ。

俺は途端に自分の格好に自信がなくなってしまった。

「なんか、学校の外で会うと新鮮だな」

「……うん」

ちょっと気後れしてしまった俺に、二宮くんはいつもと変わらないにこやかな顔を向けてくれた。

「じゃ、行こうか」

待ち合わせた駅前は多くの人が行き交ったり、待ち合わせの様子で立っていたりでごたごたしている。人の間を抜けるのが下手な俺を、二宮くんが自然な動作で「こっち」と促してくれる。

「八重沼、その服似合ってるな」

ふと俺を見た二宮くんがそんなことを言った。

「あのブランドのシャツだろ、それ」

二宮くんが横文字のブランド名を口にしてくれた、が、俺にはそれがどんな店なのかもわからなくて困ってしまった。が、ここで「わからない」と言うのがおかしいことくらいはわかる。

「うん、そう」

他の人になら正直に「知らない」と言えるのに、何故か二宮くんには俺が無知なことを知られたくなくて。恥ずかしくて。俺は少しだけ俯《うつむ》いて視線を逸らしてから、知ったかぶりをして頷いた。

「八重沼も服とか好きなんだ？　今度一緒に買い物行こうか」

「……ん」

ちゃんと頷くことができなくて、曖昧な返事になってしまう。服なんて自分で買ったことは数えるほどしかないし、どこにどんな店があるのかも知らない。嘘をつく罪悪感にギュッと押しつぶされそうになりながら、俺は二宮くんの半歩後ろを歩く。

……と、何故か二宮くんが歩く速度を落とした。俺も合わせるようにゆっくりと歩くと、どんどん歩みが遅くなっていって、最後にはのろ、のろ、と亀のような速さになってしまった。

　さすがに周りの迷惑にならないかとちらりと二宮くんを見ると、彼は真っ直ぐに俺を見ていた。

「わっ」

「わっ、って」

　驚いた俺を二宮くんが笑う。

「眠い？」

「え、眠くない」

「じゃあ緊張してる？」

「緊張は……そんなに」

　質問に正直に答えていくと、二宮くんは「そ？」とどこか余裕のある笑みを浮かべる。

「じゃあ、元気よくいこう」

　そう言われて、そういえばさっきから自分の態度が「元気」とかけ離れていたことに気付く。
二宮くんの顔を見ると、笑っているけどどこか俺の様子を窺《うかが》っているように
も見えた。それこそ、寝不足じゃないかとか、緊張してないかとか、嫌そうじゃ
ないかとか。そんなことを逐一確かめるように。
俺は咄嗟に「ごめん」と謝ってから、それが心配してくれた二宮くんに返す
のに適当な言葉じゃなかったと、ぐ、と拳を握った。
「今から元気よくいくから」
ぐー、の形に握ったそれを見せつけるように顔の前にかざして見せると、一
瞬きょとんとした表情を浮かべた二宮くんが「ははっ」と声をあげて笑った。
「やっぱ八重沼だ」
俺はたしかに八重沼だけど、なにが「やっぱ」なのかわからなくて、「ん？」
と首を傾げる。
「私服だと違和感あるっていうか、なんか違う人みたいだけど、やっぱり八重
沼は八重沼だなぁって感じたってこと」

俺の疑問に、二宮くんは丁寧に答えてくれる。なんて親切なんだろう。

そしてその気持ちは俺も感じていたことなので、「わかる。とってもよくわかるよ」と頷くしかない。……と、二宮くんがまた大笑いした。まるで心の中のもやもやを吹き飛ばすような、爽やかな笑い声だった。

一緒に遊ぶ、とはいったものの遊ぶ場所に関してはほとんど二宮くん任せになってしまった。

「なんかしたいことある？」

と聞かれはしたものの、まさか「梅干しを食べさせたい」なんて言えるわけもなく。「やりたいことも、行きたいところもない……かも」なんて言ってしまった。

二宮くんは俺のそんな言葉にも「そっか」と頷いて、そして「じゃ、体でも動かそうか」と提案してくれた。

そうして連れて来られたのは、色々なスポーツが楽しめるアミューズメント施設だった。バスケにテニスにサッカー、おまけにボーリングやダーツまで。ありとあらゆるスポーツがその施設内で楽しめるらしい。

　俺はそんな施設があること自体まるで知らなかったので、その話を聞いて「ほー」と感心してしまった。

「ここで遊ぶってこと？」

「そ。結構長いこと楽しめるよ」

　そう言われて、俺は少しだけ悩んでから「ん」と頷いた。きっと二宮くんと一緒なら、楽しめるだろう。きっと……。

「二宮くんは、ここ、来たことあるの？」

　施設のエントランスで、建物を見上げながら問うてみる。すると、二宮くんは「んー」と首を傾げるように頷いた。

「クラスの奴とかと、たまに」

「へぇ」

「カラオケとかもあるから、色々時間潰せるし」

そういえば俺はカラオケも行ったことがない。家族とも友達とも、一度も。

別に、自分の人生を卑下しているわけではない。ばあちゃんと庭の小さな畑に野菜を植えたり、その世話をするのは楽しいし、糠漬けだって同じだ。本を読むのも勉強するのも、ごく普通に楽しい。

（けど）

だけど、こんな風に知らなかった世界を見ると、なんだか自分が「おかしい」ような、そんな気持ちになってしまう。

（変なの）

今まで、そんなことを考えたこともなかったのに。

さっきの、服のことだって、梅干しのことだってそうだ。嘘をつく必要なんてこれっぽっちもなかったのに、俺は嘘をついた。

どうして二宮くんといると、自分のことを恥ずかしく思ったり、偽ったりしたくなるんだろう。

自分の胸のあたりをちょっと押さえてみた。が、もちろん答えなんて湧き出てくるはずもなく。俺は不思議な気持ちを抱えたまま、二宮くんに促されるまま施設へと足を踏み入れた。

＊

「八重沼、本当にいいのか？」

「いい、大丈夫」

「別に無理しなくても……」

「む、無理してない。大丈夫。いいから早く……！」

「……まぁ、いいならいいけど……それ！」

カコンッ！と良い音がして、テーブルの上をピンポン玉が跳ねる。俺はそれに追いすがろうとしたものの、途中で脚をもつれさせてしまった。ベシャッ、とテーブルに突っ伏してしまった俺に、二宮くんの「あーあー、大丈夫か？」という声がかかる。

「大丈夫……ごめん、結局一回も打ち返せてないね」

しょぼしょぼとした気持ちのまま起き上がると、遠くに飛んでいっていたピンポン玉を拾ってきてくれたらしい二宮くんが肩をすくめた。

「いや。俺こそもっと打ち返しやすいように打てばよかったな、ごめん」

なんて良い人だろうか。俺は感動の眼差しで二宮くんを見上げる。……と、二宮くんはそこで一度言葉を切ってから、俺と視線を合わせるように身を屈《かが》めた。

「っていうか。八重沼ってもしかして、運動苦手？」

やはりバレてしまったか。俺は情けない気持ちで俯いて「う、ん」と返事を濁した。

そう。俺は運動が苦手だ。サッカーだろうとテニスだろうと、跳び箱、体操、かけっこだって。体を動かす才能がなさすぎるのだ。右手左手右足左足を同時に思う通りに動かすことのなんと難しいことか。

「よくわかったね」

頬をかきながら苦笑うと、二宮くんは「いやいや」と首を振った。

「わかるよ。どう見ても……あー、得意な感じではないじゃん」

ほら、とピンポン玉を投げられる。キャッチしようと伸ばした俺の両手は、すかっ、と宙をかいてしまった。「あ、あ」と言ううちに床に落ちて、追いかけるように座り込む。……と、バランスを崩して尻餅をついてしまった。

「うん……、うん」

ぐうの音《ね》も出ないというのは、まさにこのことなのだろう。俺は尻餅をついた格好のまま、「はは」と情けなく笑った。

この施設に入ってからというもの、俺はありとあらゆる失態を見せる羽目になった。

サッカーをすればボールを蹴れないまま転んで。テニスは見事な空振り、ダーツは的にすら刺さらず。ロデオマシンでは思い切り空中に吹っ飛ばされた。

走れば脚が絡み、絡めば転び、とにかくもう傍から見たら散々なことこの上ないだろう。

そう、なんというか俺は……運動音痴だ。それも筋金入りの。

それに関しては、これはもう子どもの頃からだから仕方ない。各々《おのおの》スポーツをたしなむ両親には「誰に似たのかしら」と呆れられていたし、小学生の頃は休み時間のドッジボールにもサッカーにも混ぜてもらえなかった（これは元々友達がいなかったせいかもしれないけど）。中学、高校と、体育の時間になると「なんかイメージと違う」「なんでも優雅にこなしそうなのに」と言われることが増えた。どうやら知らないうちに期待を裏切っていたらしい。

二宮くんも、俺と楽しくスポーツをやることを期待してくれていたのかもしれない。となると、俺はまた期待を裏切ったのだろう。

「あの、き……」

期待を裏切ってごめん。

そう言おうと思ったのに、言葉が喉の奥に貼り付いて出てこない。二宮くんをがっかりさせてしまうのは、何故だかとても胸が苦しい。

「ごめん」

唐突に謝られて、俺は「え？」と顔を上げた。俺が謝るべきなのに、どうして二宮くんが謝るのだろうか。

「運動、得意かどうか、入る前に聞くべきだった」

そりゃそうだよな、と反省するように二宮くんが頭をかく。

「俺の周り、体動かすのが好きなやつばっかりだから油断してた。みんなが好きだから〜とかじゃなくて、ちゃんと八重沼はどうかって考えるべきだったわ」

俺ははくはくと口を開いては閉じて、最後にキュッと引き結んだ。思わず出てきそうになった言葉を飲み込むように。

（それは）

二宮くんのその言葉は、なんて……。

（なんて、誠実なんだろう）

飲み込んだ言葉は、驚きと、喜びと、そしてちょっとの恥ずかしさが混じったものだった。

自分や、自分の周りを基準にするべきじゃなく、ちゃんと「俺」のことを考えるべきだったな。と言葉にして伝えてくれる二宮くん。

俺は何も言えないまま、きゅ、と眉尻を下げる。

「二宮くん……」

ほろりと溢すように名前だけ呼ぶと、二宮くんは申し訳なさそうに眉を下げたまま「ん？」と首を傾げてくれた。

二宮くんは、俺にがっかりなんてしていなかった。それどころか、自分が悪いから、と言ってくれた。俺のことを考えるべきだった、と。「みんな」じゃなくて、俺のことを。

俺は、す、は、と何度か息を吸って吐いて。そして顔を上げた。

「俺の方こそ、運動が苦手だって言ってなくて、ごめん」

「いや、そんな……」

「運動は得意じゃないけど、嫌いじゃないんだ。下手でも、二宮くんとなら楽しめると思って。だから言わなかった」

俺は正直に気持ちを口にして、そして座り込んだまま自分の靴の先を見つめる。と、視界の中におしゃれなスニーカーが割り込んできた。二宮くんの靴だ。俺の爪先と二宮くんの爪先が、こつ、とぶつかる。

「そっかそっか」

柔らかい言葉にそろそろと首をもたげる。と、俺と同じように屈み込んだ二宮くんが、膝に顎を当て、楽しそうにこちらを見ていた。

「ならよかった」

嫌だったんじゃないならさ、と笑う二宮くんの顔は、外でもないのに、太陽の光がパッと差し込んだように明るい。

その眩しさに目を細めてから、俺は唇を引き結ぶ。それからピンポン玉すら掴めなかった自分の手を見下ろし……ぐっ、と握りしめた。

「あの」

「ん?」

「言わなかったこと、他にもあるんだ」

冷たい北風にコートを羽織《はお》り、暖かい日差しにそれを脱いだ旅人のように。

日差しに似た笑顔の前に、するすると言葉が出てくる。

「この服、自分で買ったやつじゃないんだ。俺、本当は、全然おしゃれじゃない」

「服？」

きょと、とした顔の二宮くんに、俺は「うん、服」と肯定する。

「さっき、自分で買ったみたいに嘘ついてごめん」

謝りながら、ぺこ、と頭を下げた。そうなると二宮くんの顔が見えなくなる。そのまま心の中で、いち、に、さん、ときっちり三秒数えてから、ゆっくりと顔を上げた。

「それから、俺……特にやりたいことも行きたい場所もないっていったけど、本当はあるんだ」

心の中で張っていた見栄をぺりぺりと剥《は》いで、素直な自分になる。

少しだけ吸いやすくなった息を胸いっぱい吸い込んで。そして、二宮くんの目をしっかりと見つめた。

「本当にやりたいこと？」

しっかりと黒い二宮くんの目は、まるで星のない夜空のようだ。吸い込まれそうなほどに深い黒、でもただ黒いだけじゃなくては艶々《つやつや》と輝いている。

「うん」

頷いてから、じっ……と見つめていると、二宮くんの目尻がどうしてだかじわじわと赤く染まっていく。

（どうしたんだろう）

なんで赤くなるのかわからず、その理由を聞くべきかどうか悩んだところで、二宮くんがパッと顔を逸らした。

「それって、……なに？」

顔を逸らしたままの二宮くんに問われて、俺はハッとまばたきする。そして、持ち上げた自分の手で、二宮くんの体の脇に垂らされた腕を掴む。

「な……っ」

「連れていきたいところがあるんだ」

腰を上げて、二宮くんの腕を引いて同じく立たせる。驚いた様子で目を丸くした二宮くんに笑いかけると、彼はまたなんとも言えないような顔をした後で「ん」と頷いてくれた。

六　好きなこと、したいこと

「えっと、八重沼……ここって」

「ここ、俺の家」

端的に答えを告げて、ひと足先に玄関から家の中へと入る。

木造平屋建ての日本家屋《かおく》。新しい家ではないが、ばあちゃんと俺で隅々まで手入れしているので綺麗ではあると思う。

「どうぞ」

あがりかまちにスリッパを出して招き入れると、二宮くんは行儀よく「あ、お邪魔します」と頭を下げてからそれを履いた。身を屈めて自分の靴を揃えるあたり、二宮くんの「ちゃんとしてる」感じが伝わってくる。

俺はそんな彼を床の間へと案内した。

アミューズメント施設を出てからすぐ、俺は二宮くんを自身の家へと連れて来た。

二宮くんは驚いた様子であったが、「嫌だ」とは言わなかった。ただ「休みの日に家に誘われるって初めてかも」と笑っていた。たしかに。小学生ならまだしも、高校生になって休みの日に「俺の家に遊びに来て欲しい」なんてなかなかないかもしれない。

「でも、八重沼がやりたいことがあるんだろ？」

それでも、二宮くんはどこかいたずらな顔でそんなことを言ってくれて。俺は「うん」と笑って頷くことができた。二宮くんに下手な嘘をついたり、見栄を張ったりするのはもうやめたのだ。

二宮くんは俺の家に入ってすぐ「なんか懐かしい感じがする」と言ってくれた。

「別にこういう家に住んでたとかじゃないのに、懐かしく感じるの……なんでだろうな」

畳の上に敷いた座布団に座る二宮くんは、およそいつもの二宮くんらしくないのに。なのになんだか満ち足りたような顔で「い草《ぐさ》のいい匂いがする」とか言うから。なんだか俺も嬉しくなって、笑ってしまった。

二人で並んでほのぼの……としかけたところで、俺は本来の目的を思い出してハッとする。

「あ、ちょっと待っててね、ちょっと」

そして台所へ走ると、冷蔵庫の中から目的のものを取り出し、小皿に取り分ける。それからお茶を用意して、小皿と共にお盆にのせて運んだ。

「お待たせ」

襖を開けて床の間に入ると、二宮くんはスマートフォンを触るでもなく、ぼんやりと窓の方を眺めていた。夏の眩しい日差しが燦々《さんさん》と降り注いでいる縁側を。

「ごめん、待たせて。何もないし……つまらないよね」

「え？　いや全然。庭も綺麗だし、眺めてた」

「そっか」

「あと、なんか八重沼の匂いがして癒されるな〜って思ってたとこ」

「俺の？」

　思いがけない言葉に驚いて、すん、と空中の匂いを嗅いでみる。が、もちろん自分では「自分の匂い」なんてわからない。

「なんか『人の家の匂い』ってあるじゃん。あれ。八重沼ってなんか癒される匂いだなって思ってたけど、家自体いい匂いだったんだな」

「そう？」

　今度は自分の腕に鼻先を当てて、くんくん、と匂ってみる。が、やっぱりわからない。まぁ、二宮くんにとって嫌な匂いなのでなければいいだろう。

「それ、何持って来てくれたの？」

　俺の抱えたお盆を見て、二宮くんが問うてくる。

「あ、これ。これね……俺のやりたかったこと」

「……ん？」

お盆を脇に置いて、居間の真ん中に鎮座した机の上に小皿と小鉢、そして氷を浮かべた麦茶を並べる。

「俺の作った糠漬けと、小梅のカリカリ漬け」

「糠漬け？」

小皿の上には、きゅうりと茗荷の糠漬けが並んでいる。そしてもうひとつの小鉢には、小梅のカリカリ漬けを盛っていた。

「俺ね、糠漬け作るのが好きなんだ」

「あー、ヌカちの由来？」

「そう」

高校では「ヌカち」と呼ばれることが当たり前なのに、二宮くんは「そんな呼び方もあったたな」という感じであだ名を口にしてくれる。そのことが嬉しくて、俺はほくほくと微笑んでしまった。そしてその勢いのまま、自分の気持ちを……やってみたかったことを伝える。

「俺、運動も苦手だし、会話も得意じゃないし、面白くない人間だけど……でも、糠漬け作ったり、梅干し作ったりするのは、得意なんだ」

「面白くないってことはないけど……まぁ、うん」

二宮くんは小さな声で否定してくれたが、俺の話を遮らないように、軽く同意して続きを促してくれる。その優しさに背中を押されるように、俺はお盆を膝に乗せたまま「それで」と続けた。

「だから、二宮くんにも食べさせたいなってずっと思ってたんだ。こういうのが好きなんだ、俺がしたんだ、って俺のこと知って欲しくて」

二宮くんは二、三度まばたきをした後、ちらりと小皿を見下ろして、そして俺の顔を見て「うん」と頷いてくれた。

「こんなの高校生らしくないし、多分変なんだろうなってのはわかってる。けど、二宮くんには言ってもいいかなって……」

二宮くんは、自分の好きなことをちゃんと教えてくれて、そして俺に合わなかったら「ごめんね」と謝ってくれた。

俺だってそうすればいいのだ。思ったことを話して、提案して、それで相手に合わなかったら謝ればいい。黙っている必要なんてないのだ。

「あの……だからその、こういうのが二宮くんに合わなかったらごめん」

気持ちを言葉にするのはなんて大変なんだろう。およそ伝わっている気はしないが、それでも俺は先ほど感じた気持ちを懸命に言葉にして紡ぐ。

「でも、これが俺の好きなことなんだ。そして、できたら二宮くんにも食べてみて欲しい。その……俺の好きなものを……」

尻すぼみにどんどん言葉を小さくしながら、俺は顔を下げる。

「八重沼？」

急にしょぼしょぼとしだした俺に驚いたのだろう。二宮くんが不思議そうに俺の顔を覗き込んできた。真っ黒な目が、きょと、と俺を見上げている。俺はその目を見返してから「う」と口角を下げた。

「いや、今更ながら、二宮くんが漬け物とか嫌いっていう可能性に気付いて……」

そもそも嫌いだったら「食べて」もへったくれもない。突然家に連れてこられて嫌いなものを差し出された二宮くんの気持ちを思い、胸が苦しくなる。

「……っふ、っ、ははっ」

……と、何故か二宮くんが吹き出すよう笑い出した。それはもう、本当に楽しそうに。畳の上にひっくり返りそうになりながら。お腹に手を当てて笑っている。

「え、どうしたの?」

何か笑えることでもあっただろうか、と問いかけると、二宮くんは「はっ、いや、ふふっ」といまだ治らない笑いの合間に首を振った。

「八重沼って、ほんと、予想外っていうか。思い切りがいいかと思えば急に引っ込むし……ふっ」

「ん?」

はて、と首を傾げてから、まぁ予想外といえば予想外なのかもしれない。

「ごめ、いや、全然、嫌とかじゃないんだ。むしろ逆」

俺の不審な表情を見たからだろう、二宮くんが「笑ってごめん」と口元を隠すように笑いながら「えー、っと」と何かを頭の中で整理するように腕を組む。

「俺はさ、結構他人の気持ちを考えて、話すこととか決めてて」

「うん」

「顔色窺《うかが》ってる、ってわけじゃないけど。でも、自分の気持ちを素直に話して拗《こじ》れるくらいなら黙ってる方がいいって思ってる」

どういう意味だろう、と思ったが、まぁ言葉通りに受け取れば相手を慮《おもんぱか》っているということじゃないだろうか。それはとてもいいことだと思うので、「そうなんだ」と返す。と、こちらを見た二宮くんはやはり楽しそうに片眉を持ち上げていた。

「素直ってさ、なろうと思ってなれるものじゃないと思うんだ。多分俺は、一生素直になんてなれない」

「そう、なのかな」

素直、についてそう考えてきたことがない人生なので、少し返事に困ってしまう。しかし二宮くんは俺の戸惑いを承知の上のような様子でにこにこと笑っていた。

「俺、素直な八重沼が好きだよ。一緒にいて心地いい。なんか、自分の気持ちを飾ることなく話せる」

「す……？」

急に出て来た「好き」という単語に、何故か妙に動揺してしまって。その後に続く言葉の意味を深く考えることができない。

俺の動揺を知ってか知らずか、二宮くんは楽しげに話を続ける。

「八重沼の前なら、本当の自分を出せる。出してもいいって思えるんだ」

端正なその顔をくしゃりと少し歪《ゆが》めるようにして、二宮くんが笑う。窓の外に広がる、夏の澄み切った青空よりも清々しいその笑顔は、俺の胸のあたりをすとんと貫いた。

（ん？）

俺は自分の胸に手を当てて、パタパタと叩いてみる。

今たしかに、何かが貫いていったような気がしたのだ。鋭い矢のような何かが。

「したいこと、言ってくれてありがとう」

「ん？」

「俺……、や、俺らくらいの歳って、自分の本音とかしたいこととか、ちゃんと言うの難しいじゃん」

恥ずかしいし、変だなって思われたら嫌だし、と、まさに先ほど俺が考えていたようなことを言われて、俺は「うん」と頷く。

「それでも、ちゃんと伝えてくれてありがとう。八重沼のこと知れて、嬉しい」

「え……、っあ、ううん」

軽い調子で告げられたその言葉に、どうしてだか急に涙が出そうになって。

俺は首を振りながら、さりげなく何度もまばたきする。

突然、ぐっ、と熱いものが込み上げてきたのだ。

「じゃー、そのおすすめの漬け物をいただこうかなぁ」

ぱ、と切り替えるようにそう言った二宮くんは、きゅうりの漬け物に刺さった爪楊枝を摘んだ。

「いただいていい？」

「あぁ、うん……もちろん！」

俺は何度も頷いて、手のひらを上にして差し出す。

「じゃ、遠慮なくいただきます」

二宮くんは軽く手を合わせると、ぱくっと思い切りよくきゅうりを口に含んだ。パリッといい音がして、次いでパリ、ポリ、と歯切れのいい音が続く。

「……ん、美味しい」

「本当に？」

ドキドキしながら見守っていると、二宮くんはどこか驚いたような声で「いや本当に」と続けた。

「美味しい。しょっぱすぎず、……っていうかちょっと甘い？」

「あ、少し甘酒も入れてるから」

「甘酒って、あの正月とかに飲む甘酒？」

「うん、そう」

この漬け物を漬けた糠床には、作る時に甘酒を入れている。そうすると噛むたびにほんのり甘さが出る漬け物が出来るのだ。

「へぇ、すごいな。本当に自分で作ってるんだな」

どうやら「美味しい」という言葉は嘘ではなかったらしい。二宮くんはひょいひょいと漬け物を食べ進めている。そして「味が良い」「店で買ったやつと違うな」「俺は八重沼の作るやつが好みかも」と柔らかい言葉で褒めてくれる。

「うん、ありがとう」

言葉を惜しまず褒めてくれる二宮くんに、俺は嬉しくなってにこにこと笑ってしまう。

「こっちも、酸っぱいけど美味い」

小梅を摘んで食べた二宮くんが、顔をくしゃくしゃにする。どうやら酸っぱかったらしい。

「それは小梅だけど、普通の梅干しもあるよ。本当に酸っぱいやつだけど」

「まじ？ 俺、甘い梅より塩っぽい梅が好きだから、そういうのも多分好き」

「あ、じゃあ持ってこようか」

去年漬けた梅はまだ大量に残っている。俺が提案すると、二宮くんは「いいの？」と嬉しそうに笑ってくれた。

その笑顔が嬉しくて、俺は「あの」と続けた。

「今度、今年の梅干し作りの……えっと、梅を天日干し《てんぴぼ》するんだけど。二宮くんも一緒にしてみる？」

「俺が？」

きょと、とする二宮くんの顔を見て咄嗟に「あ、言わない方がよかったかな」と思ったが、二宮くんはあっさりと「楽しそう」と目を輝かせてくれた。

「梅干し作るとか初めてなんだけど。なに、俺でもできそうなの？」

「うん。できる……と思う」

絶対に、と言い切ることはできないが、まぁ梅を天日干しするだけだし、できないことはないだろう。

二宮くんは「と思うってなんだよ」と顎を持ち上げるようにして笑っていた。しっかりと開いた大口から覗く白い歯は綺麗に整列していて、まるで芸能人のようだ。

ひとしきり笑った二宮くんは、麦茶を飲んで、そしてまた梅干しを摘む。そして「あぁー」と唸った。

「白米が食べたくなる」

くぅ、と唸る二宮くんに、俺は「あ、ご飯あるよ?」と提案してみた。そういえばもう正午もだいぶ過ぎている。昼食も食べないままだったが、移動でどたばたしていたので気付かなかった。それもこれも、俺が自宅に誘ったせいだ。

「朝炊いたご飯があるから、それでおにぎりでも握ろうか? あとは……漬物と、卵焼きとかならすぐ焼けるし。あ、鮭……鮭好き?」

冷蔵庫の中の物を思い出しながら問うてみると、ぽかん、とした顔をしていた二宮くんが首を傾げた。

「え、なに、八重沼が作ってくれるってこと？」

「うん。俺が作る」

高校生になってから、食事はばあちゃんと協力しながら作るようにしている。基本的には朝ご飯は俺、夕ご飯はばあちゃん。自分の弁当は自分で作るし、休みの日も時間があれば作る。二人暮らしなのだから、協力するのは当然だ。

とはいえ、今日は俺もばあちゃんも外出の予定だったので、冷蔵庫には常備菜くらいしか残っていない。

「もしかして、どこか行きたい店とか、食べたい物あった？」

そりゃそうだよな、せっかくの外出だもんな。そもそも高校生にもなると外で食べるのが当たり前なのかな。と思いながら問うてみると、二宮くんは「や、いやいや」と首を振った。

「単純にすごいな……って感心してただけ。っていうか、俺は嬉しいけど、いいの？」

どこか遠慮がちに二宮くんが問うてくる。俺は「うん、もちろん」と二回頷いた。

「あんまり……若者向けの料理は作れないけど」

そう言うと、二宮くんが「若者って」と笑った。そしてふと、表情を引き締めるようにして「あの」と呼びかけてくる。

「八重沼の家族の人は？」

「あぁ、家族は出かけてる。って言っても一人しかいないけど」

「一人？」

特に隠していることでもなんでもないので、俺は「一人」と繰り返す。

「ここ、ばあちゃんの家なんだ。両親はいるんだけど海外にいて……だからここに居候《いそうろう》させてもらってる」

俺の簡単な説明に、二宮くんは「へぇ」と少し驚いたような顔を見せる。

（あ……）

そこで、話しすぎたかもしれない、とちょっと後悔する。

俺の家の事情を知る担任の教師は「八重沼くん、大変ねぇ」「お祖母さんと二人暮らしで苦労していない？」と時折声をかけてくれる。

俺は両親といるよりばあちゃんといる時の方が心が落ち着く……というか、とても気が楽だ。だから「苦労」なんて感じたことも、考えたこともなかった。が、周りからしてみればそうでもないらしい。

（二宮くんにも、「苦労してそう」とか思わせちゃったかな）

どうかな、と二宮くんを見るが、彼の目に同情の色は乗っていないように見えた。

「な、八重沼」

「え？」

考え事の最中に名前を呼ばれて、びくっと肩を跳ねさせてしまう。が、そんな俺の反応を気に留めた様子もなく、二宮くんは笑った。

「もしよかったら、作るとこ見てたりしてもいい？　ってか手伝えることあれば手伝いたい。あ、もちろん台所に入ってもいいならだけど」

はい、はい、と立候補するように手を挙げる二宮くんに、やっぱりこちらを気遣ったり同情したりする様子は見えない。いや、心の中でどう思っているかなんてことはわからないが（鈍い俺には、特に）。けれど、でも、二宮くんの言葉はどこまでも柔らかい。

「……うん。じゃあ、お願いします」

俺は心の中で小さな感動を噛み締めながら、できるだけそれを表に出さないように短く答えて頭を下げる。

「こちらこそよろしくお願いします」

二宮くんもまた、畳の上に正座して深々と頭を下げてきた。妙にかしこまった態度が面白くて、自然と口端が持ち上がってしまう。

俺たちは顔を見合わせると、へら、と笑い合った。

七　どんどん惹かれていく（二宮②）

「二宮、最近付き合い悪くな〜い？」

理科室での授業を受けるための移動中。たらたらと廊下を歩いていたら、中学からの友人である武田《たけだ》にそんなことを言われた。俺はあくびを噛み殺しながら「ん──？」とそちらに顔を向ける。

「夏休み明けから、休みの日とかあんま遊んでくれなくなったじゃん？　三回に一回は断るし」

「三回に二回付き合えば十分だろ」

笑ってそう言うと、「それはそうだけど」と武田が唇を尖らせる。サッカー部でゴールキーパーとして活躍する武田は縦にも横にもがっしりとした体格をしている。つまりそう、唇を尖らせても「わぁかわい〜い」とはならない。決して。

「十分じゃなーい！　もっと付き合えよぅ。俺ぁ二宮とサッカーしてぇのに！」

中学生の頃、武田と俺は同じサッカークラブチームに所属して切磋琢磨していた。今はもうチームにも部にも所属していないが、時折休みの日に誘われて近所のフットサルコートでミニゲームに興じることがある。……が、最近はたしかに三回に一回は「あ、悪い。その日用事ある」と断っていた。

「別に俺とじゃなくてもいいだろ」

やいやいと喚《わめ》く武田……の側の耳をわざとらしく塞いで見せる。と、その隣を歩く瑞原《みずはら》がくすくすと笑った。

「武田は二宮とがいいんだよな。女の子が寄ってくるし」

瑞原の言葉に俺は「はーん、なるほどな」と頷き、武田にわざとらしく冷たい視線を送ってやる。

「べ、別にそれだけが目的じゃないけど」

「それ、だけじゃない……な。つまりそれも目的のひとつってことだ」

ふぅん、と追い打ちをかけてやると、武田は「いや、その、あっはっは」と頭をかく。

武田はモテないわけではないのだがやたら女子が好きで、クラスの女子であれ他校の女子であれ、平気で声をかけるし、かけられると大喜びする。不特定多数に好かれて何が楽しいのかわからないが、まぁそれが武田の趣味だというのなら仕方ない。

が、武田は武田。俺は知らない女子に（知っていても、だが）話しかけられても嬉しくない。

「それにしても、二宮マジで遊ぶ回数減ったよな。もしかして彼女でもできた？」

瑞原のさらに隣を歩く小浦《こうら》が興味津々という顔で問いかけてくる。俺、武田、瑞原、そして小浦。俺たちは四人で行動することが多い。ちなみに瑞原はバレー部、小浦はバスケ部のエースだ。

「出来てない出来てない」

軽く否定すると、小浦はつまらなそうに「なーんだ」と頭の後ろで手を組んだ。

小浦は四人の中で唯一の彼女持ちで、何かというと「ダブルデートしたい」「お前ら彼女作れよ～」と言ってくる。実際、俺含めて他のメンバーに彼女ができると即デートの予定を組んでくる。

「え、彼女出来たんじゃないの？」

武田がつり目がちの目を見開いて、いかにも「驚きました」という顔を向けてくる。

「なんで。違うよ」

どこ情報だよ、と笑ってみせる。と、武田と小浦は「だってさぁ」「最近まじで付き合い悪くなったし」「スマホよく見てるし」「俺と遊んでくれないし！」と最近の俺の付き合いの悪さについて次々と例をあげてきた。

「は～？　だぁから彼女じゃないって……」

「彼女じゃなくても、好きな人ができた……とかはあるんじゃない？」

笑って否定していると、瑞原がぼそっと、しかしどこか愉快そうに呟いた。

その確信めいた言い方に「ん」と瑞原を見ると、ぱちりと目が合う。

「誰か特定の奴と出かけたりしてる、とか」

俺は瑞原の顔をじっと見つめてから、にこ、と笑ってみせた。

「さぁ、どうかな?」

ここで「そんなことない!」なんて下手に慌てて否定しようものなら、瑞原は(もちろん武田も小浦も)「怪しいなぁ~」と余計に絡んでくる。こういう時は、余裕を持ってさらっと流した方がいい。

案の定武田と小浦は俺たちのやり取りはそう気にも留めず、俺に対する不満を挙げ連ねていた。

瑞原はその様子を見て諦めたのか、つまらなそうに肩をすくめて「ま、いいけど」と溢す。瑞原は悪い奴ではないのだが、突拍子もないことを言って混乱する周りを眺めて楽しむ……愉快《ゆかい》犯的な気質がある。

「二宮ってさぁ、面食い?」

と、なんてことないような口調でそう問われて。俺は瑞原に無言の笑みを返した。

（こいつ、どこまで知ってるんだ？）

思うことがないではなかったが、ここで反応したら瑞原の思うツボだ。

「いや？　そんなことない。中身重視」

それは紛れもない事実だ。そんなことはない。

俺は今たしかに「特定の誰か」と特別仲良くしている。その自覚は自分でも大いにある。が、別にそれは相手の顔の良し悪しで決めているわけではない。

（そう。そういうことじゃなくて）

そうじゃなくて、と心の中で繰り返して。俺は尻ポケットに入れているスマートフォン……その中に残っている「特定の誰か」……もとい、八重沼とのやり取りを思い返す。

「ふっ」

思い出すたび笑みが溢れてしまうのは何故だろう。

（そりゃ、楽しいことばかりだからな）

ほくほくとした気持ちでこっそり笑っていると、瑞原の視線を感じた。俺は八重沼と一緒に帰ったり、勉強したりもしているし、仲が良いことを特に隠していない。もしかしたらどこかでそれを見かけて、何かしら察しているのかもしれない。

けど、別に何も構いやしない。俺が八重沼に惹かれているのは、紛れもない事実なのだから。

＊

長いようで短かった夏休みが終わり、後期が始まってしばらく経った。

俺はといえば、相変わらず八重沼と仲良くしている。初めて遊んだあの日から、ずっと変わらず。いや、あの日以来さらに仲は深まったように感じる。

夏休みの間、俺は定期的に……いや、少なくとも一、二週間に一回は八重沼の家に通っていた。なんというかまず、八重沼の家は非常に居心地がいいのだ。

八重沼の家は、平屋の日本家屋だ。八重沼は「少し古いけど」と言うが、掃除が丁寧に行き届いていて、部屋の中の雰囲気はとても明るい。ほとんどの部屋が和室で、畳の良い匂いが香ってくる。シューズボックス……というより下駄箱の上の置物や、花。固定電話の乗った棚に、分厚い電話帳。足の太い低めのテーブルやふかふかの座布団。ほこりひとつない廊下、ガラス窓のある縁側、庭の小さな家庭菜園。そこかしこに懐かしさと、そして清潔感が漂っている。

八重沼に「八重沼の家って感じ」と伝えると、彼は嬉しそうに「そう？」と笑っていた。

そういえば、八重沼のお祖母さんにも会った。たしか二回目にお邪魔した時だ。どことなく八重沼に似た雰囲気を持つ彼女は、しかし八重沼よりシャンとしていた。

「奏のお友達？　まぁまぁそれは、いつも奏がお世話になっています」

と畳に膝をつけて頭を下げられて、俺も同じように向かい合って頭を下げた。

「こちらこそ、奏くんと仲良くさせてもらって毎日とても楽しいです」

そう言うと、お祖母さんと、そしてその後ろにいた八重沼も嬉しそうに微笑んでいた。目尻がきゅっと細くなるその笑い方は、二人ともとてもよく似ている。

その上に八重沼は、お祖母さんと並んで何故か指をついて頭を下げてきた。

「なんで八重沼まで？」と笑うと、「？　嬉しかったから」と不思議そうな顔をして答えてくれて。その、いつも通りの飾らない言葉が嬉しかった。

八重沼の家で何をするのかといえば……まぁ、何ということもない。のんびりしている。

といっても別に互いにスマートフォンを触って会話もしない……なんてそんなことはしない。

たとえば、家庭菜園の水やりをしたり。それで湿って抜きやすくなった雑草を取ったり、縁側でのんびりと外を眺めたり。採れたてのきゅうりに味噌をつけて食べたり……そんな感じだ。

ちなみに、きゅうりに付けたその味噌は八重沼のお祖母さんの手作りだった。

八重沼も糠漬けを始め料理の腕は確かなものだが、お祖母さんはさらに凄い。遊びに行った際に何度か食事をご馳走になった（八重沼の家では、当たり前のように食事や間食を振る舞ってくれる）のだが、出てくる料理が何もかも美味しい。

失礼な話だが、それは「この世で一番美味しい！」という……衝撃を受けるような味ではない。ただなんというか、しみじみと美味しいのだ。土鍋で炊いたご飯に、頭と腑《はらわた》を取ったいりこの出汁で作る味噌汁。丹精《たんせい》込めて作った糠床で漬けた漬け物。ひとつひとつ、少しずつ手がかかっている。

別に、母が作ってくれる料理に不満を抱いたことはないが（むしろ、いつも感謝しながら美味しくいただいている方だ）、八重沼家の料理は……その家と同じく、どこか懐かしくて、それでいてホッとするような感覚を覚えるのだ。

（家も、料理も、そして八重沼自身も）

癒やし、というのとはまた違う。なんというか「安心感」のようなものを感じる。八重沼の前にいると、何も取り繕わないそのままの自分でいられるのだ。

そんな感じで、俺は八重沼家にちょくちょくお邪魔して、ゆっくりと過ごさせてもらっている。

夏休みが終わる直前には塩漬けにした梅を天日干しにして、梅干し作りの手伝いをしたりもした。八重沼は梅干し作りについて、丁寧に教えてくれた。

「八重沼、教えるのが上手いんだな。先生みたいだ」

八重沼が、あんまりにも優しく、わかりやすく教えてくれるから。だから俺はそんなことを思って、そしてそれを素直に言葉にして伝えた。

梅を干し終わって、二人で縁側に並んで麦茶を飲んでいる時だった。

首に汗拭き用のタオル（近所の銭湯の店名が入っている、なんというか……八重沼の見た目とはかけ離れた代物《しろもの》だ）をかけた八重沼はどこか驚いたような、そして嬉しそうな顔をして「そうかな」と首を傾げた。そしてこっそりと、まるで内緒話をするような小さな声で「あのね、実は」と耳打ちしてくれた。

「俺、先生になりたいんだ」

「先生？」

「うん。学校の先生とか……そうじゃなくても、誰かに何か、自分の知っていることを、優しく、わかりやすく教えられるような人に」

ばあちゃんに教えてもらったように、といつになく饒舌《じょうぜつ》に語った八重沼はその美しい顔をわずかに伏せた。

思いがけず八重沼の「夢」を聞いた俺は、少しだけ驚いてしまった。というか、意外だったのだ。八重沼は他人と関わるのが苦手な方だと思っていたし、本人もそれをどことなく自覚している様子だったから。苦手なこととわかっていながら、それでも必ず人と関わることになる仕事を「夢」と言う八重沼に、驚かされた。

（夢とか、あったんだな）

どことなく、ふわふわと生きていると思っていた八重沼がちゃんと未来を見ていることに驚くと共に、純粋に「すごいな」と思えた。

「いいな。八重沼なら叶えられると思う、絶対」

だからその言葉も、何か考える前にスッと口から滑り出た。でも実際に、そう思ったのだ。

八重沼はふわふわしているように見えて……いやまぁ実際ふわふわしたところもあるが、それでも意外と芯が強くて、前向きだ。というか、前しか向いていない。

だから、そんな八重沼ならきっと見つけた夢に向かって真っ直ぐ歩いていくのだろうな、と思えた。

「ほんと？」

ふくふくと幸せそうに笑う八重沼は、冗談ではなく天使のようだった。光に透けた色素の薄い髪は艶々と天使の輪を浮かべて、その目にはきらきらと希望の光が散って。

人智を超えた美しさに思わず、ほけ、と見惚《みと》れていると、八重沼は「ありがとう」と溢した後、俺に顔を向けてきた。

「二宮くんにそう言ってもらえると、嬉しい」

その笑顔は、数値で表すと一万ルクスくらいあった……と思う。どうかすると目が潰れそうな明るさだ。俺は両手で顔を覆いながら「うわ」と思った。

この笑顔を間近でくらって、胸をときめかせない人間なんているのだろうか。

いや、いまい。

自分で言うのもなんだが、俺はそれなりに可愛い子だって見てきたし、なんならそんな子と付き合ったりすることもあった。……が、こんな、目が潰れると思うほど眩しい人と出会ったことはない。

「二宮くん？　どうしたの？　汗が目に入った？」

それ、痛いよね。と心配そうに首を傾げる八重沼は多分、自分の笑顔にどれほどの破壊力があるかなんて気付いていないのだろう。

（すごいな……、すごい）

八重沼がすごいのは見た目だけでない。笑顔がこんなに眩しいのは、きっと体の中からぴかぴかに光っているからだ。

（他の誰かと比べる、とかじゃなくて）

他の可愛い子がどうとか、元カノがどうとかじゃなくて、八重沼自身に……

惹かれてたまらない。

もっと笑って欲しい。できれば自分が笑わせたい。いつだって楽しい気持ちでいて欲しいし、悲しい時には支えたい。

他人はあくまで他人。俺が楽しく生きていければそれでよかったはずなのに。そのために、本心なんて晒《さら》さずに生きてきたのに。

なのに、八重沼の前だとなんでも晒してしまいたくなる。というか、晒している。そしてそれが嫌ではないのだ。

（こんな気持ち、初めてだ。それに……）

ぼんやりと、八重沼の顔を思い浮かべる。八重沼の、その……ん、と引き結ばれた唇。

（柔らかそう）

俺は先日、見るからに柔らかそうなそこにキスする夢を見た。

夢、そう、あくまで夢だ。さすがに俺も「なんで？」と思ったし、焦ったし、意味がわからないなんて自分を笑った。

けど、夢の中の俺はこの上なく幸せそうに八重沼を抱きしめていたし、八重沼も……嬉しそうに俺の口付けを受け入れてくれていた。

柔い髪をふわふわと揺らして、形のいい唇を「ん」とわずかに尖らせて。俺に微笑んでくれていた。

……夢から覚めてすぐ、俺は「いいな」と思ってしまった。「なんだこの夢」とか笑うより、「ありえない」と嫌悪するより、なにより。夢の中の俺が、羨ましくて、羨ましくてたまらなかった。八重沼にキスをすることを許されている自分が。

現実の八重沼には、こんな夢見てごめん、って感じだけど。

（だけど、俺って、多分）

認めたくない。認めていいのかわからない。けど、そんなことを思ってしまうのは、つまり……。

『二宮くん？』

八重沼の声を聞き物思いに耽《ふけ》っていた俺は、ふ、と視線を持ち上げる。

聞こえてきたのは、目の前のスマートフォンからだ。

八重沼は基本的にスマートフォンで通話はしないタチだったらしいのだが、最近俺が「通話しようよ」とねだるとたまに（本当に、たまに）こうやって付き合ってくれるようになった。

『寝ちゃったかな。電話切ろうか……』

「や、起きてる、大丈夫、ごめん」

通話終了の危機に、慌ててベッドの上で身を起こし声を挟む。

どことなく安心したような八重沼の声が聞こえて、俺は「うん、うん」と何度も頷いた。

『あ、起きてた』

「起きてるよ」

『もう遅いから、寝ちゃったかと思った』

そう言われてスマートフォンの画面を見るも、時刻はまだ二十一時を過ぎたばかりだ。はっきり言って「夜はこれから」という時間なのだが、早寝早起きを心がける八重沼にとってはもういい時間なのだ。

「や、まだ寝ないよ。八重沼はもう眠い？」

他の友達になら「は？　この時間に寝るわけないだろ」と冷たく言うのだが、八重沼相手だとやたら優しい言葉が出てくる。八重沼といると、不思議と優しくなれる。気持ちも、言葉も、行動も。

『うん、少し』

正直な八重沼の言葉に、じゃあそろそろ……と切り出そうとしたところで、八重沼が「でも」と続ける。

『あとちょっとだけ話したいな』

八重沼がアイコンにしている虹の写真を指先で優しく撫でて、俺は唇を噛み締めた。思わず「可愛いなぁ」と言いたくなったのをどうにか我慢するためだ。

こういうふとした瞬間のやり取りが、たまらなく好きだと思う。

八重沼も『ほとんど毎日会ってるのに、電話で何を話すの？』なんて不思議そうな顔をしていたが、今では多少慣れた様子で会話を楽しんでくれている。

『この通話って、会話をするためじゃなくて、離れていても時間を共有しているのを楽しむものなのかな』

なんてことも言っていて、思わず笑ってしまった。けど、俺もそうだと思う。ただそこにいる、繋がることを許してくれる、そんな相手がいることが純粋に嬉しい。

「八重沼は、俺とこうやって通話するの好き？」

スマートフォンに向かって問いかけると、八重沼は数秒とおかず『うん』と返してくれた。

『好きだよ、二宮くんと通話してるこの時間』

迷うことなく断言してくれる八重沼に、思わず笑みが溢れてしまう。照れもためらいもなく「好き」と言ってくれる八重沼が可愛いと同時に、続けて問いたくなる。

「じゃあさ……」

（じゃあ、俺のこと好き？）

ぽろりと口から漏れかけた言葉を、ぐ、と喉奥に押し込む。

『なに？』

唇を変に開いたまま固まっている俺のことなんてもちろん見えていない八重沼の、不思議そうな声が耳をくすぐる。

「いや……、んー、じゃあまた明日も電話しよ？」

『あ……ごめん。明後日英語の小テストがあるから、明日は勉強に集中したいんだ』

八重沼は基本的にとても優しいが、自分のしたいことややらなければならないことはちゃんと優先する。

すっぱりと断られても特に腹が立ったりしないのは、それがきちんと伝わってくるからだ。むしろ尊敬すらしてしまう。

じゃあ残念だけどまた今度……、と言いかけたところで、八重沼が『だから』と言葉を続けた。

『明後日ならまた電話できるんだけど、どうかな？　二宮くんの都合が良ければ』

思いがけない誘いに、少しだけしゅんと落ち込みかけていた俺のテンションが一気に上がる。

「あー、んん、もちろん」

少しだけ声が上擦ってしまったが、八重沼はそれに気付いていない様子で『よかった』とこれまた正直に喜びを伝えてくれる。俺も「嬉しい」くらい言えばいいのだが、なんとなく言葉が出てこない。

（嬉しい）

（俺も八重沼と電話するの好き）

（ってかさ、俺は、八重沼自身を……）

心の中にぽんぽんとそんな言葉が浮かんで、俺は慌てて首を振る。何度かためらってから、俺はゆっくりと口を開いた。

「八重沼、さ」

『ん？』

心の中に浮かんだ思いの、その切れ端を言葉にしかけて……やめる。

「いや、あー……八重沼っていい声だよな」

『声？』

「うん、落ち着く。いい声。……好き」

少し早口で伝えると、八重沼の『ええ、ふふ。そうかな？』という柔らかな笑い声が聞こえてきた。耳をくすぐるその声が心地よく「イヤホンにしててよかった」と思いながら、俺は「うん」と続けた。

「顔もいいし、声もいいし。八重沼ってほんといいよな」

もちろんそれだけじゃなくて、八重沼本人が丸ごといいと思っているのだが。照れと、それを言ってしまうとまずいのでは、という思いからブレーキがかかってしまう。……と、八重沼の柔らかな笑い声が不自然に途切れた。

「八重沼？」

どうかしたのかと名前を呼ぶと、八重沼は「あ、うん」と歯切れの悪い返事を寄越した。

『うん……顔は、小さい頃から、よく褒められた』

まぁあの顔なら、そりゃあ子どもの頃から褒められただろう。

(でも俺は、八重沼の顔が良くて声かけたわけじゃないけど)

心の中で、幼少期に八重沼の顔を褒めた面々に対抗する。何に張り合っているのか自分でもよくわからない。

『あの……そろそろ寝ようかな』

「あ、そうだよな」

そろそろ八重沼の就寝タイムリミットだ。

「じゃ、また明後日。明日学校で会えたらまた明日」

『うん。明日か、また明後日に』

俺たちは校舎が分かれているのでなかなか顔を合わせる機会がない。勉強を一緒にしたり、帰る約束をしている時は別だが、そうじゃない時はすれ違うことすら珍しい。でも、特別「ここで会おう」と約束することはない。

（その方が、偶然会えた時嬉しいもんな）

約束するより、偶然出会えた時の方がなんだか特別感があってわくわくする。

そんなほんの少しの楽しみを明日に用意して、俺は「おやすみ」と八重沼に伝える。

『おやすみなさい』

八重沼は結構ためらいなく通話終了ボタンを押す。俺は自分では押さず、八重沼が終わらせてくれるのを待つだけだ。

案の定あっさりと「通話終了」になってしまった画面を眺めてから、俺はベッドの上にごろんと寝そべる。

「はー……」

俺と八重沼は「友達」だ。友達に「俺のこと好き？」と聞くのはおかしいだろう。いや、おかしいはずだ。少なくとも俺はこれまでどの友人に対してもそんな質問をしたことはない。

なのに何故、八重沼には聞きたくなるのか。そして、何度も聞こうとするのに、結局勇気が出なくて聞けないままなのか。その上、キスする夢なんて見るのか。

(それって……それってさぁ)

ひとつの答えに行きつきそうになって、俺は「ふー……」と細く長い息を吐く。

「それって」

声に出して確認しかけて、やめる。それを言葉にしたら、いよいよ戻れなくなりそうだったからだ。

(八重沼が好きってことだよな? 多分、そういう意味で)

言葉にしない代わりに、心の中で問いかけてみる。が、もちろんその問いに答えてくれる人はいない。

(いや、違う……かもしれないし。まだわからん。わからんだろ)

そう自分に言い聞かせながら、ごろ、と寝返りを打ってスマートフォンを手に持つ。ぱ、と光った画面に映し出された写真は……いつか気まぐれに撮った虹の写真だ。撮って、八重沼に送った写真。そして八重沼がホーム画面に設定している写真。

つまりそう、俺のホーム画面と八重沼のそれは、現在お揃いということである。

『彼女じゃなくても、好きな人ができた……とかはあるんじゃない？』

不意に、瑞原の言葉が頭に浮かぶ。

それに対して、違う、違わない、やっぱり違う、でも違わない。と、相反する答えがふわふわと浮かんで、俺は溜め息をついた。

（違う……と思いたい。けど、けどさぁ）

閉じた目の上に腕を乗せる。出来上がった簡易的な暗闇の中に浮かぶのは、八重沼のふわふわとした笑みだ。

八重沼に対する気持ちはよくわからない。けど、明日もまたあの笑顔に会えたら嬉しい。それが偶然なら、もっと嬉しい。

「……違わないじゃん」

だからもう、八重沼のことが好きなんだって。

いい加減認めろ、と心の中の俺が呆れたように腕組みしている。それに対して俺は「あぁ、あぁはいはいそうですよ」と逆ギレのような独り言を漏らした。

(俺は八重沼が好き。めちゃくちゃ好き。……多分)

多分もへったくれもないのだが、最後の抵抗のようにひと言くっつけて……俺はベッドに突っ伏した。まだ寝るには早過ぎるのはわかってるけど、今この瞬間に寝てしまえば、八重沼の夢を見られるような気がした。

八　胸がちくちく

『顔もいいし、声もいいし。八重沼ってほんといいよな』

（そうだね、俺のいいところは見た目だけなんだ）

　そんな捻くれたことをふと思ってしまって、俺は慌てて首を振る。見た目だけなんて、二宮くんは言っていない。ただ会話の中でさらりと溢した言葉を、俺が妙に気にしているだけだ。

　いやそもそも、見た目がいいと褒められるのはいいことなのだろう。母だって、ずっと俺にそう言ってくれていた。

『奏のいいところって見た目だけなんだから』

　何回、何百回、何千回と言われてきた母の声が耳の奥に蘇り、俺はうんと頷く。

そう、それは別に引っかかることでも、ましてや悲しむことでもない。

（なのにどうして、二宮くんに言われた時は……胸が痛くなったんだろう）

最近、前よりもさらに二宮くんと時間を共有することが増えた。

二宮くんは俺の家によく遊びにきてくれる。夏に漬けた梅干しの様子を見たり、漬物を漬けたり、この間は手作りポン酢を作るために一緒に柚子を搾ったり。時には勉強もしたりするが、二宮くんとは基本的にのんびり過ごすことが多い。

俺がしたいと言ったから無理に付き合わせているんじゃないかと思ったけど、二宮くんは「そんなことない」と軽く笑い飛ばしてくれた。二宮くんのそんなひと言で「そうなんだ、よかった」と納得してしまう俺は単純なのだろうか。

良いにしても悪いにしても、なんだか二宮くんの言葉に一喜一憂している気がする。

顔もいいし……うんぬんの言葉は、先日スマートフォンのメッセージアプリを使っての通話をしている際に言われたことだ。

二宮くんとの通話は、とても楽しい。別にずっと笑ってるとか、会話が絶えない、ってわけじゃない。むしろただ静かに自分のことをしている時間もある。なのに、なんだか心が落ち着くのだ。俺の家の縁側で二人並んでのんびりしている時のような、そんな感じ。

そうやってリラックスしていたからこそ、二宮くんの言葉がより深く刺さってしまったのだろうか。

(どうなんだろう。わからない)

自分の見た目のことなんて、特段意識していなかった。人の決めた良い悪いが、自分の気持ちに何か影響を及ぼすなんて考えたことも……。

「じゃあクラス出店のメニューは『ホットドッグ』ということで決定しまーす」

女子生徒の言葉にハッと顔をあげると、クラスメイトはみんな「やった～」「俺、普通に食いたいんだけど」「なんかお揃いの服とか作りたくない?」と盛り上がっていた。黒板には「ホットドッグ十八票、わたがし十票、りんご飴五票、メイド喫茶三票、焼きそば三票」と書かれている。

そう、今は一ヶ月後の文化祭に向けてのホームルームの時間だった。教室の前にはクラス委員長と副委員長が並んで、みんなの意見をまとめてくれていた。

俺はクラスのみんなに合わせるようにパチパチと拍手する。

「俺なんの役割かなぁ、調理担当とかめんどくさそうでやだわ」

隣の席の山本くんが（何度か席替えはあったのだが、奇跡的に近くの席になることが多い）、「なぁ」と俺に話しかけてくれた。

「そうなの？」

「そうなの、って。だって暑そうだし、やること多いし、大変そうじゃん？」

うちの高校の文化祭は、他校に比べてなかなか大規模な方らしい。あいにく俺は他の文化祭に行ったことがないので比べることはできないが、たしかに去年の文化祭は楽しかった。

ステージはグラウンドと体育館それぞれに設けられ、歌にダンスに演劇にと盛り上がるし、各文化部による展示物も見応えがある。

クラス単位で模擬店も出すことになっていて、これまた面白い。飲食店は二年生以上が出せることになっているので、今年が初めてだ。

俺はさっきまで物思いに耽っていたことも忘れ「ホットドッグかぁ」と、ウィンナーをパンに挟んでいる自分を思い浮かべる。

（ホットドッグなら……）

ピクルスやザワークラウトを入れても美味しいんじゃないだろうか。糠漬けではないが、ピクルスも漬けたことはある。

「俺は調理担当やってみたいな」

担当になったら、ピクルスのことも提案してもいいのだろうか。そんなことを考えてそわそわしていると、山本くんが「はぁ～」と溜め息をついた。

「ヌカち、相変わらずよくわからないキャラだよな」

「そうかな」

「うん。文化祭とか、こういう俗世のこと興味なさそうな顔してるのに」

「俗世？」

どういう意味だろう、と山本くんを見るも、彼は答えをくれないまま「まぁ」と頬杖をついた。

「ヌカちにはヌカちの役割が振られると思うよ。絶対。女子たちがみんなで何か考えてくれるって」

「そうなの？」

俺のことなのに、どうして女子のみんなが考えるのだろうか。不思議に思い問いかけるが、やはり山本くんは答えをくれない。ただ「そうそう」としたり顔で頷いている。

「それよりさぁ、もう文化祭なんだなぁ」

はぁ、と溜め息をつく山本くんはなんだか悩まし気だ。

「文化祭、嫌なの？」

こんなに楽しそうなのに、と首を傾げると、山本くんは「そうじゃなくってさぁ」と頬杖をついた。

「楽しみだからこそ残念なんだって」

「？」

「楽しい文化祭を、誰かと一緒に回りたかったな〜って」

山本くんの嘆きにようやく合点がいって、俺はポンと手を打つ。

「俺と一緒に回る？」

「ヌカちと回ってどうするんだよ」

提案はあっさりと一笑に付されてしまった。が、山本くんはすぐに真顔になって「いや」と顎に手を当てる。

「ヌカちと回れば必然的に女子が寄ってくるかも……？」

「山本くんは、女子と回りたいの？」

「あったり前じゃん！」

ちょっと大きい声を出した山本くんは、その後ハッとしたようにきょろきょろと周りを見渡す。が、クラスの中は各々ホットドッグ屋に向けての期待でわいわいと盛り上がっており、誰も山本くんを注視してはいない。

ほ、と胸に手を当てた山本くんは「んんっ」と喉の調子を整えるように咳払いする。と、俺に向かって人差し指を立てて見せた。

「いいか？　文化祭は楽しい。友達と回るのも楽しい。けど、可愛い彼女と一緒に回るのがなにより最上位なんだ。トップオブ文化祭なんだ」

「そうなんだ」

文化祭を楽しむのにそういったランク付けがあるとは知らなかった。

ちなみに昨年の俺は一緒に回る友達もおらずずっと一人だった。つまり最下位ということなんだろう。あれはあれで楽しかったけど、と思いながらなんとなく山本くんの発言を反芻《はんすう》して「あれ？」と引っかかる。

「ねぇ、山本くん」

「ん？」

「彼女って、友達より上？」

「はー？　当たり前じゃん」

当然、というように頷かれて、俺は首を傾げて「本当に？」と食い下がる。じ、と見つめると山本くんは何故か「う」とたじろぐ。

「や、まぁ……ヌカちくらいになると男とか女とか超越してるっていうか、その……じゃなくて」

「うん」

「友達は何人いてもいいけど、彼女は一人しかいないだろ？　恋人ってのは特別な存在なんだよ、オンリーワン」

やっぱり人差し指をピシッと立てて力説する山本くんに、俺は「オンリーワン……」と呟いて返す。

「そう、オンリーワン。あーぁ、彼女欲しいなぁ」

夢見るように天井を見上げる山本くんの横で、俺は「オンリーワン」ともう一度繰り返した。

（その人だけ、特別。一緒に文化祭を回りたい、最上位の存在？）

俺よりも学校生活に詳しい山本くんが言うので間違いないのだろう。が、なんとなく胸の中がくしゃくしゃと騒がしい。たぶんそれは、きっと……。

（二宮くんも、そうなのかな）

二宮くんのことを考えているからだろう。

これまで気にしたことはなかったが、二宮くんにも彼女はいるのだろうか。

そういえば以前白石さんたち女子グループに「二宮くんに彼女はいるのか」といったことを聞かれたことがあった。あの時は特段気にしていなかったが、今は……何故だか妙に気になる。というより、胸のあたりがざわざわする。

(二宮くんの、特別か)

二宮くんの横に、うちの学校の制服を着た誰かが並んでいる姿を想像する。

複数の友達とわいわい話しながら歩いているところは見たことがあるが、女子と二人で話しているところは見たことない。けど、その姿は簡単に思い描くことができた。

小さくて、柔らかくて、良い匂いがする、可愛い女の子。二宮くんは優しいので、きっと彼女と話をする時は、声をちゃんと聞き取れるように体を傾けてあげるのだろう。彼女の口のそばに耳を向けて「ん?」なんて優しく微笑んで。

(……いいなぁ)

ふと、心の中に羨むような言葉が浮かんで、俺は「?」と胸に手を当てる。

山本くんのように、「彼女がいる」ということが羨ましくなったのだろうか……とも思ったが、どうも違う。何故なら俺は、二宮くんの横に立つ彼女に対して「いいなぁ」と思ってしまったからだ。

(なんで?)

なんで羨ましいのだろう。どうしてこんなにも胸がちくちくするのだろう。

それがどうしてかわからないまま、俺はこっそりと首を傾げたのであった。

九　ゆびきりで約束

「へぇ。八重沼のクラスはホットドッグなんだ」

「うん。二宮くんのクラスは？」

「うちは巨大迷路だって。中庭借りてかなり大掛かりに作るらしい」

「へぇ、すごい」

まさか教室外でやるとは、と驚きを素直に伝えると、二宮くんも楽しそうに「なぁ？」と笑ってくれた。

「そこまで気合い入ってるとは思わなかったわ。俺もちゃんと貢献しようかな」

斜に構えず、素直にクラスの行事に参加しようという姿勢が微笑ましくて、俺は「頑張って」とエールを送った。

今日は久しぶりに二宮くんと一緒に下校している。いつも通り、最寄り駅までの短い時間だが、ほんのわずかなそれがなんだか特別なものに感じる。

久しぶりなのは、最近二宮くんが忙しそうだったからだ。「なんか友達に最近付き合い悪いーって言われてさ。妙に放課後付き合わされるんだよな」ということらしい。毎日のように友達に遊びに誘われるなんて、さすが二宮くんだ。

もちろんそれは悪いことじゃない、どころか、二宮くんにとってはいいことでしかない。けどまぁ、少し寂しいのも事実だ。

（二宮くんの「特別」だったら、こんなことで悩んだりしないのかな）

ふと、先日考えてしまった「恋人は特別」問題に思考が飛びかけて、慌ててぶんぶんと首を振る。

「んー……でも、準備を頑張るなら、しばらくは帰りが遅くなるよなぁ」

少しうんざりとしたような声に二宮くんを見やると、どことなく不満そうに口先を尖らせていた。茜色に染まった空、少し影の差した横顔。くっきりとした顔立ちだからか、版画のように陰影がわかりやすい。夕日が、二宮くんの意外に繊細なまつ毛をきらきらと透けさせる。

「八重沼と時間合わせられるかな」

「?」

「時間見つけて、一緒に帰りたいんだけど」

「…………え?　あ、うん」

ぼんやりと二宮くんの横顔に見惚れていたせいで、反応が遅れてしまった。

二宮くんはさらに唇を尖らせて「なんだよ」と拗ねた声を出す。

「八重沼は一緒に帰りたくないの?」

まるで子どものような物言いに、俺は目をぱちぱちと瞬かせてしまう。そして我慢しきれずに、ふっ、と吹き出した。

「一緒に帰りたいよ」

できたらずっと、横に並んでいたいよ。駅までじゃなくて、もっとずっと長い時間。

言葉の半分以上を心の中で留めながら、俺はゆっくりと頷く。

「二宮くんと一緒にいたいし、もっと話したい」

「ほんと？」

「ほんと」

「じゃあ文化祭も一緒に回りたい？」

「うん……、うん？」

流れで頷いて、途中で話がすり替わっていることに気付く。一緒に帰る話が、どうしてだか文化祭の話になっていた。

右隣を歩く二宮くんを見上げると、二宮くんはいたずらっ子のような顔をして笑っていた。さっきまで口を尖らせていたのに、その数秒後には笑っていて。本当に、くるくると表情が変わる。

「そっかー、一緒に回りたいんだー」

わざとらしく棒読みで繰り返されて、俺は「え、あ」と言葉に詰まってしまう。

「文化祭一緒に回るって、俺と？」

「他に誰がいるんだよ」

たしかに。周りを見渡しても、人通りも車通りも少ない道には、俺と二宮くんしかいない。

「いいじゃん。な？　それとも誰かと約束してた？」

「して……ないけど」

なにしろ去年は最初から最後まで一人で回ったし。と言いかけてやめる。去年の話はいいのだ。二宮くんは今、今年の話を俺としている。

「じゃあ決まり。約束」

そう宣言した二宮くんは、ゆっくりと歩く速度を落として俺の手を取った。

そして、小指と小指を絡める。

二宮くんの手は指先までしっかりと温かくて、俺はびっくりして「え」と情けない声をあげることしかできなかった。

「あれ、ゆびきりげんまんって知ってる？」

俺が何も言わないからか、二宮くんが少し困ったように笑う。

「知ってるよ、知ってる」

それを知らない日本人はなかなかいないんじゃないだろうか、と思う。

「じゃあはい、ゆびきりげんまん」

小指を絡めた手を、ぶんぶんと上下に揺らされて「嘘ついたら針千本……は可哀想だからホットドッグ十本食べさせる」と替え歌のようなもので締めくくられた。

「はい、よろしくー」

途端、パッと手を離されて、俺は今の今まで二宮くんと絡んでいたその手を茫然と見下ろす。

なんだか、心臓がそこに移動してしまったかのように、小指の先がじんじんと脈打っている。……もちろん、そんなところに心臓がないのは知っている。知っているが。

「楽しみだな。クラス出店発表されたらどこから回るか決めような」

じ、と小指を見下ろす俺の横で、二宮くんは何事もなかったかのように歩き始めた。秋の、少しだけひんやりとした風が、二宮くんの黒髪をそよそよと遊ぶように揺らしていく。

「うん」

小さな小指の約束が嬉しい。特別だと言ってくれているようで嬉しい。

（あぁ、そっか。俺……、二宮くんの特別になりたかったんだ）

恋人は特別、という話を山本くんから聞いた時に二宮くんのことを思い浮かべてもやもやとしてしまったのは、その恋人が羨ましかったから。自分がその特別になりたかったからだ。

そうだったのか、と納得して、俺は二宮くんの後に続いててくてくと歩き出す。少しだけ自分の胸の内がわかって、すっきりした。そよそよと風にそよぐ二宮くんの髪を見ながら、俺はにこにこと晴れやかな気持ちで「そっか、そっか」と頷いた。

その時はまだ「じゃあどうして特別になりたいのか」というところまでは、考えることができなかった。

その先にある気持ちに、まだ気付いてもいなかったのだ。

十　ヌカちの恋

文化祭の準備が本格的に始まると、学校内はにわかにそわそわとした雰囲気が漂い始めた。

教室の奥に置かれた作りかけの看板。準備の時間に回されるホームルーム。全校生徒が見える昇降口付近に貼り出された「文化祭まであと○日」と描かれた日替わりポスター。日常が徐々に非日常へと変わっていくグラデーションのような時間。否が応でも浮かれてしまうというものだ。

さて。そんな空気の中、俺はというと……。

「源《みなもと》さん、何か手伝えることある?」

看板や店内装飾のリーダーである源さんに問いかけると、彼女は「ひっ」と悲鳴のような声をあげて、何故か二、三歩後ろに下がってしまった。

放課後の教室。大勢の生徒が居残りをして準備に勤《いそ》しんでいる。部活のある人はそちらを優先しているので、必然的に残っているのは帰宅部の面々だ。俺も部活には所属していないので、何かしら手伝えることがあれば手伝いたいのだが……。

「手伝うこと、ある？」

聞こえていなかったのかもしれない、ともう一度同じ内容で問うてみる。と、源さんは「あ、あの」「えっと」と隣に立つ女子……東《あずま》さんを見やった。

「いや、ヌカちは何もしなくて大丈夫だから」

「何も？」

教室の中では、みんなそれぞれ看板に色を塗ったり、お揃いの制服を作ったり、ホットドッグの材料調達や数量について話し合ったりしている。

「そそ。しいて言うならそこに座ってみんなを見守っててくれるくらいでいいよ」

そこ、と東さんが教卓の近くに置いてある椅子を指さす。こんなにみんながせっせと頑張っているのに、俺だけ椅子に座って眺めているなんて変な話だ。

「暇なメンバーで集まって作業してるだけだし。別に気にしなくていいよ」

そう言われても、納得できるはずがない。それに……。

「源さんは美術部でしょう？　暇じゃないんじゃない？」

そう問うと、源さんが驚いたように目を見張った。

「えっ、ヌカち様……くん。ど、どうして……私の部活なんて」

もじもじと手を合わせる源さんに、一瞬妙な呼ばれ方をした気がした……が、俺はとりあえず話を続ける。

「だって、去年の展示で見たから。校舎の絵、とても素敵だった」

去年文化祭を回っている時、美術部の展示で彼女の作品を見た。それは、朝焼けに煌《きら》めく校舎の絵で。普段見慣れた学校がなんだかとても素敵な学び舎《や》に見えて、感動したのを覚えている。

その時に絵の下に書かれていた名前を覚えていたので、今年同じクラスになった時密かに「あの素敵な絵の人だ」と感動したものだ。

「嘘……、え、ありがとうございます」

源さんは両手を口に当てて、そしてぺこぺこと頭を下げてきた。俺もつられて「いえいえ」と頭を下げる。

「あの、私はその、文化祭に展示するための作品はもう描き上げているから大丈夫で……」

「希《のぞみ》は絵が上手いしセンスもいいから、看板とか店内デザイン制作のリーダーになってもらったの」

東さんの言葉に、俺は「そうなんだ」と頷く。ちなみに「希」というのは源さんの下の名前だ。

まぁつまるところ、源さんは即戦力で役に立つが、俺は何にもならないということだろうか。

「あの、俺……絵やデザインのセンスはないけど、色を塗ったりはできるよ」

作業は遅いかもしれないが、丁寧にしあげるタチだ。少し意気込んでそう言うと、源さんと東さんが顔を見合わせた。

「んー……」

「あー、じゃあゴミ捨てとかお願いできる？　看板作りに使った段ボールの切れ端とか結構溜まってて」

散々悩んだ後、東さんが教室の隅に積まれたゴミの山を指した。

ようやく役目をもらえたことにホッとして、俺は「うん、うん」と何度も頷いて早速シャツの袖をまくった。

「やー、ヌカち様にこんなこと頼むのは忍びないけど、よろしくね」

「ヌカち様？」

そういえばさっき源さんも「ヌカち様」と俺のことを呼んだ。クラスメイトに様付けで呼ばれる違和感に、俺は「どういうこと」という顔を向ける。

「ヌカち様はヌカち様じゃん」

が、何故か当たり前と言った様子で笑い飛ばされる。

そう言われても、俺にはそう呼ばれる理由もわからないのだ。困惑している間に、源さんと東さんは「じゃあよろしく」と身を翻《ひるがえ》して作業に戻っていってしまった。

(ヌカち、様?)

なんとなく、というか、とてつもなく距離を感じる呼ばれ方だ。今までクラスメイトにそう呼ばれたことはなかったはずだが、陰ではそんな風に言われたりしていたのだろうか。

……と、くるりと振り返った源さんが「あ、あの」と声をかけてきた。

「ヌカちさ、くん。私の作品を見てくれてありがとう。嬉しかった……」

です、と最後にくっつけて。そして今度こそ源さんは踵《きびす》を返して教室の中心へと向かっていってしまった。

こちらこそ、素敵な作品を生み出してくれてありがとう。と言いたかったのだが、俺は彼女を引きとめることもできなかった。

教室を見渡すと、みんなそれぞれ楽しそうに作業に没頭している。

俺はその間を縫うようにして段ボール片を集めて回った。そうして教室内を歩いていると、みんなに「ひゃっ」「わっ」「ビビった。彫像かと思ったらヌカちだった」とやたらと驚かれてしまった。気配を消しながらゴミ集めをするのが悪いのだろうかと、「ここのゴミ、拾うね」と声をかけるようにした。……ら、それはそれで「うーん、なんか心臓に悪い」「ヌカち、うろうろしないで」「声かけないで、見つめないで」と言われてしまった。

多分、俺はタイミングが悪い男なのだろう。源さんと東さんが「何もしなくてもいい」と言った理由がわかった気がして、なんとなく……ずん、と気分が落ち込んでしまった。

『奏って本当に鈍いわよね』

不意に、母の言葉が頭の中に蘇って。俺はそれを打ち消すようにぶるるるるっと首を振った。

＊

片手に段ボールを紐でまとめたもの、そしてもう片方の手に段ボール片をまとめた袋を両手に抱えて、とぼとぼと廊下を歩く。

（今日は帰ったら茄子《なす》が美味しく浸かってるはず。艶々の秋茄子だったからきっと美味しいはず）

せめても、と楽しいことを考える。嫌なことがあったら楽しいことを考える。昔からの癖をなぞるように、糠漬け、糠漬け、と頭の中で繰り返した。気持ちを切り替えるのは、得意な方だ。

「はぁ」

それでも漏れてしまう溜め息を噛み殺しながら、昇降口に向かう。

壁には「文化祭まであと十日」と描かれたポスターが貼ってあって。俺は見るともなしにそれを眺めた。

あと十日の間、そして文化祭当日。俺は少しでもクラスの役に立つことができるだろうか。

（や……でも、当日やって欲しいこともあるって言ってたし）

ちなみに、ピクルスについては早々に却下されてしまった。却下された上に「ヌカちってほんと漬け物系好きなんだね〜」と笑われてしまった。

家で試してみて美味しかったので、平気な人にはトッピング的に付けるのもありかと思ったのだが……そこまで主張することはできなかった。

(俺はきっと、空気を読めない人間なんだろうな)

また溜め息を吐きそうになって、慌てて止める。役立つ提案もできない、模擬店の準備もできない、こんな調子でいいのだろうか。

(聞いて欲しいな、話したいな)

前までだったら、ここでさらに漬け物のことを考えて考えて……そうやって悲しい気持ちをシャットダウンしていただろう。けど、今はちょっと違う。

この、悲しいという気持ちを誰かに聞いて欲しい。いや、誰かなんて曖昧じゃない。

(他の誰でもない。俺は、俺は……)

心の中でその人の顔を思い浮かべた、その時。靴を取り出した下駄箱の向こう側から声が聞こえてきた。

「ねーねー、一緒に文化祭回ろうよぉ」

「マリナちゃんなら回る人いっぱいいるでしょ、俺じゃなくても」

どうやら女子生徒と男子生徒が会話しているらしい。

その男子生徒の方の声に聞き覚えがあって、俺は少し息を呑んでしまった。

それこそまさに、今話を聞いて欲しいと思っていた……二宮くんの声だったからだ。

「二宮くんがいいのー」

やはりそうだ、二宮くんだ。

俺はちょっと迷って左右をきょろきょろと見回す。……が、ここで逃げ出すのも変な気がして、結局は靴を取り出して玄関へと向かった。

「俺と回っても楽しくないって。友達との方がいいと思うよ？」

「なんで？　絶対楽しいもん。一緒がいいの」

「んもー……」

二宮くんの困ったような声に、なんとなく心臓がドキッと跳ねる。普段あんまり聞かない……というか、俺の前ではしない話し方だ。なんだか砕《くだ》けた感じで、相手と会話し慣れているのが伝わってくる。

（っていうか、この内容って……）

「俺は他の人と回る約束してるんだって」

「はい嘘～。ずっとそう言ってるけど、誰と回るか具体的に教えてくれないじゃん」

「あんま言いたくないだけ」

やはりそうだ。これは文化祭を一緒に回るか回らないかの押し問答なのだ。

二宮くんの言っている回る約束をしている人、というのは俺のことだろう。

（俺のせいで困ってる？）

なんとなくドキドキしてしまって、息を潜めてしまう。しかし、このままでは盗み聞きしているのと変わらない。

静かに靴を履いて、そろそろと離れようとした時……会話の続きが聞こえてきた。

「それってこの学校の子？」

「まぁ、そう」

「同学年？」

「うん」

「瑞原くんたち？」

「じゃない」

「男子？」

「そう」

ぽんぽんと矢継ぎ早に続いていた会話が、そこで一旦止まる。次いで「なぁんだ」と安心したような声が聞こえてきた。

「それを早く教えてよ」

先ほどまでの不機嫌そうな様子から一転、明るい声が聞こえてきた。

「別に言う必要ないからさ」

「えー、なんか冷たい～二宮くんらしくない」

「……いいから、早く買い出し済ませよう」

二人のやり取りがどことなく遠くに聞こえて、俺は自分がぼんやりと立ち止まっていたことに気付く。

（……あぁ、そっか）

彼女はきっと、二宮くんのことが好きなのだ。鈍い俺でもさすがにわかった。

そんな彼女は二宮くんと一緒に文化祭を回りたかった。二宮くんの「特別」になりたかったのだ。でもそれを断られて、じゃあ誰が二宮くんと回るのかと気になって……それが女子生徒じゃなかったことに安心した。

そりゃあそうだ。そう。二宮くんの特別になれるのは、「彼女」になれるのは、普通……女の子だ。可愛くて、柔くて、ふんわりとした愛らしい……。

（あれ）

胸が、ずん、と重たくなって、俺は俯く。ローファーの足先は玄関の方を向いているのに、なかなか進まない。

（俺、そっか、二宮くんの特別になんて……なれるわけないんだ）

その事実を認めた途端、指先が震えた。指が震えれば、そりゃあ手に持っていた袋も落とすというもので。

――ドサッ。

結構な音と共に、段ボール片の入った袋が砂まみれの床に落ちる。

「ん？　……え、八重沼？」

と、ひとつ隣の区切りで靴を履いていた二宮くんがこちらを見て、驚いたような声をあげた。そうなるともちろん無視なんてできるわけもなく、俺は「あ」と間抜けに口を開いた。

「二宮くん、あの」

「わっ、『ヌカち』だ！」

二宮くんに話しかける前に、彼の後ろからひょっこりと顔を覗かせた女子生徒……おそらく先ほど「マリナちゃん」と二宮くんに呼ばれていた彼女にあだ名を呼ばれる。

「え？」

「ヌカちだよね？　うわー、初めて生で見た」

物珍しい動物か何かを見つけたかのように上から下まで見られて、落ち着かない気持ちになる。

「な、生？　あ、こんにちは」

「わっ、挨拶した～こんにちは～」

ふりふりと手を振られて、俺も手を振り返そうとして……両手が塞がっていたことを思い出す。

「俺のこと、知ってるの？」

「知ってるよ～有名じゃん」

どう有名なのかわからないが、ヌカち、というあだ名はそこかしこで一人歩きしているらしい。

「八重沼」

マリナさんとの会話を遮るように、二宮くんが俺を呼んだ。

「ゴミ捨て？」

手に持ったゴミを見てわかったのだろう。二宮くんはいつも通りのにこやかな顔で問いかけてくる。

「うん。うん……そう。俺、ゴミ捨て」

こんなことしかできなくて。それがちょっと悲しくて。それを二宮くんに言いたくて、聞いて欲しくて……。

そんな言葉を、く、と全部飲み込んでから、俺は「ゴミ捨て」ともう一度繰り返した。

「へー。あのね、私たちは今から買い出しに行くの～」

マリナさんが人懐こい顔で微笑んで、自分を指さす。そして、ぴた、と寄り添うように二宮くんの横に並んだ。別にそれは、俺に見せつけるようなものじゃない。ただ単純に、二宮くんと買い出しに行けるのが嬉しいのだろう。

「あ、へぇ。そっか」

俺は頷いた。多分笑っていたと思うが、あまり自信はない。

「迷路の材料が足りなくなってさ。勝手に買い出し係に任命されたんだ」

「うん」

二宮くんが付け足すように教えてくれる。マリナさんは「勝手にってなによ」と唇を尖らせて二宮くんを小突く真似をする。その親密さに、また胸が嫌な感じに跳ねた。

「てか、それ重そうだな。手伝おうか」

と、俺の手元をまじまじと見やった二宮くんが心配そうに尋ねてきた。その表情は嘘や冗談を言っているようには見えない。本気で、俺を手伝おうと思ってくれているのだろう。

優しい、いつもの優しい二宮くんだ。

「いや、大丈夫。大丈夫だよ」

二宮くんの気遣うような顔を見て、一瞬嬉しくなって。そしてその横であがった「えぇー」という不満そうな声を聞いて現実に引き戻される。

「クラスのみんな待ってるのに。早く行って済ませようって言ったの二宮くんじゃん」

その意見は至極真っ当だ。俺は慌てて「うん、そっちが優先だよ」と笑う。

「はーやーく～」

マリナさんが二宮くんの服の裾を掴んで、自分の方に向けて引っ張る。二宮くんは「やーめ」とそれをペシッと払う。その気安さのまじった仕草を見て、俺は……後ずさりした。

「これ、見た目より軽いんだ」

わざとらしいほど両手を高く持ち上げて、大丈夫だと伝えて。そして俺は「じゃあね」と足早にそこから逃げ出した。これ以上ここにいると、変なことを言ってしまいそうだったからだ。

「あ、八重沼！」

珍しい二宮くんの大きな声に振り向きそうになる。が、それをどうにか耐えて俺は校舎裏にあるゴミ捨て場に向かって走った。

多分今俺はとんでもなくみっともない顔をしている。こんな顔で二宮くんと、そしてふわふわと可愛らしい……二宮くんのことを好いている女子と向き合うことなんてできない。

早足に走って、走って、走って。俺はゴミ捨て場までやって来た。はぁ、はぁ、と肩で息をしながら後ろを振り返るが、そこにはもちろん誰もいない。

紙ゴミを入れるプレハブ小屋の扉を開けて、指定された場所にゴミを積んで、それから……俺はその場にうずくまった。

（そうだ。そう、帰ったらばあちゃんの梅干しを食べよう。酸っぱくて、元気が出るし。そして、糠床をかき混ぜれば、それで……）

それでもう大丈夫だと、明日には元気になっているのだと。そう思いたいのに、思えない。

逃げるようにその場を離れた俺を見て、驚いたように目を見開いていた二宮くんを思い出す。そしてその隣に並び、彼にぴったりと寄り添っていた女子の姿を。

きっとあれは「お似合い」というのだろう。かっこいい二宮くんの横には、可愛い女の子がいて。なんというか、ジグソーパズルのピースがぴったりと当てはまったような、そんなフィット感。

俺が二宮くんの横に並んでも、きっとあんな風にはなれない。

（……あぁ、そっか、俺）

鼻の奥がツンと痛くなって、喉がキュッと詰まったように苦しくなって。そして俺は、ようやく自分の気持ちに気が付いた。

二宮くんと文化祭を回りたい、二宮くんの横に並びたい、二宮くんと一緒にいたい。その願望の奥にあるのは、「二宮くんが好き」という気持ちだ。

「俺、二宮くんが好きなんだ……」

唇を震わせて、ぽつ、と本音を漏らす。

二宮くんの特別になりたい。友達じゃなくて、それよりもっと特別な存在。ただ一人の唯一になりたい。それは、俺にとって二宮くんがそんな存在だからだ。

俺は、二宮くんが好きなのだ。

(これって……恋。恋、なのかな)

自信がなくて何度も心の中で「恋」という言葉を転がす。

いつから好きになっていたのかもわからない。恋なんてしたことなかったから、気が付くのにだいぶん時間がかかってしまった。

文化祭を誰と回るのかというのが気になった時……いや、きっともっと前から、俺は二宮くんに「好き」という気持ちを抱いていた。もしかするとあの虹の写真を送ってもらった頃には、もう。彼に「八重沼」と呼ばれるのが嬉しいと思った時には、もう。

「……あぁ」

座り込んだことで近くなったローファーの爪先。茶色のそれはゆらゆらぼんやりと滲んで、やがて見えなくなる。そこで俺は、自分が涙ぐんでいることに気が付く。

初めての気持ちに心を揺さぶられて、何がなんだかわからない。

座り込んだまま、シャツの袖でごしごしと顔を擦る。どうにか涙を堪えて、ふー……と息を吐く。

(好き。俺は、二宮くんが好き)

まるで嵐が吹き荒れているようなぐしゃぐしゃの心の、その中心地点に置かれたその気持ち。俺はそれを掬《すく》い上《あ》げて抱きしめるように、たしかめる。

(これが、恋なんだな)

なんだか難しいなぞなぞの正解にようやく辿り着けたような心地だ。けど、そのなぞなぞの答えはもうみんなとっくに知っていて、俺だけが特別なわけじゃない。それに、俺のその答えを二宮くんに見せるわけにもいかない。

(だって、たぶん、伝えていいやつじゃない)

さすがの俺でも、俺がこの気持ちを伝えたら二宮くんが困るであろうことくらいはわかった。

自己満足で「好き」と伝えて今の関係が崩れてしまうくらいなら、きっと黙っておいた方がいい。そうすれば俺は、二宮くんと文化祭だって回れるし、二宮くんはまた俺の家に遊びに来てくれるだろうし、夜の通話だってしてくれるはずだ。

俺は……、俺は、それでいい。そのくらいがちょうどいい。

（本当に？）

心の中にいる俺が、小さな窓を開けてこそりと俺に問いかけてくる。俺はその窓を無理矢理閉めて「本当に」と返す。

生まれて初めて芽生えた恋心は、これ以上大きく育つ前に芽を摘み取る方がいい。俺は「本当に」と繰り返してから、膝の間に顔を埋めた。

十一　文化祭当日

どんなに悩んでも、落ち込んでも、時は平等に過ぎ去っていくもので。あっ、という間に文化祭当日がやって来た。

俺はといえば、それはもう……見事な寝不足だ。

寝不足の原因は、もちろん二宮くんである。

別に「二宮くんのせいで」なんてことを言うわけではないが、気を抜くと……どうにも彼のことを考えてしまう。これまでも彼のことを考える時間は多かったが、この十日間はもう、本当に、毎分毎秒といってもいいくらい頭にふわふわと浮かんで仕方なかった。

あの日、俺が恋を自覚した日から、二宮くんとは一度も顔を合わせていない。

連絡自体は取っているのだが、通話もしていないし、現実では一度も顔を合わせていない。

それはもう、俺が彼を避けていることが原因だ。

『一緒に帰らない？』

『今日通話しようよ』

『昼休みにでも、ちょっと顔見たい』

そう言ってくれる二宮くんに、俺は……。

『ごめん。今日はもう帰っちゃって』

『ごめん。昨日寝てて、通話のお誘い気付かなかった』

『ごめん。昼休みは文化祭の準備があって』

なんて、ごめん、を免罪符にすべて断りの連絡を入れている。

ついでのようにホーム画面やメッセージアプリのアイコンまで、虹の写真から淡い水色の単色のそれに変えてしまった。その虹を見ていると、どうしても二宮くんの笑顔が頭に浮かんでしまうからだ。そのことについて二宮くんからは特に何も言われなかったので、もしかしたら気にもかけていないかもしれないが……。

『忙しいんだな。文化祭当日の約束はちゃんと覚えてる？　一緒に回れそう？』

そんなメッセージが飛んできた時は、さすがに少しドキッとした。夕暮れの中、二宮くんとゆびきりげんまんをしたのは、ほんの数週間前のこと。忘れるわけないし、忘れられるはずがない。

だというのに俺は『うん、大丈夫』と短いメッセージを返しただけだった。こんなの誠実じゃないとわかっているのだが、気持ちが露呈してしまう恐れがどうしても拭えない。

俺は「そういう意味」で人を好きになったことがない。だから、それを自覚したまま二宮くんに会って……自分が何を言ったり、どんな行動をするかわからない。もしかしたら顔を合わせた途端、俺の挙動不審で「好き」がバレてしまうかもしれない。

（そんなの、困る。困る……）

そうやって二宮くんとの接触を極力避けて、そのくせ二宮くんのことを考えて寝不足になって。いつだって早寝早起きの快眠体質だったのに、最近は日付が変わるくらいの時間まで寝付けないこともある。

おかげで、昼間は眠くて仕方ない。


「ふぁ……んぐ」

湧き上がって来たあくびをどうにか噛み殺す。眠気を押しやるために、むに、と頬を引っ張ると「ヌカち」と背中を叩かれた。

「おはよーう！　いよいよ文化祭当日だな〜……って、なにしてんの？」

背を叩いてきたのは、山本くんだった。頬の肉を引っ張る俺を見て不思議そうな顔をしたが、俺は「や、なんでも」と誤魔化すように笑った。そして、改めて山本くんに顔を向ける。……と、彼が何やらいつもと雰囲気が違うことに気が付いた。

「山本くん、なんか、いつもと違う？」

何がどうとはっきり言えないのだが、なんだか……いつもの山本くんと違うような気がする。頬に手を当てたまま「んん？」と首を傾げると、山本くんは「おいおい」と腰に手を当て背を反らした。

「髪型、いつもと全然違うだろ」

すぐ気付いてくれよなぁ、と顎を上向ける山本くんの髪型は、なるほどいつもと違う。いつもの短髪が、今日はシャキッと立っているし、前髪は斜めに流されている。

「ほんとだ、すごいね。とってもおしゃれだ」

もちろん俺に今時のヘアファッションなんてわからないが、山本くんのそれはおしゃれに見えた。そもそも、時間をかけて自分の髪型を整えるのがすごい。すごいね、すごい。どうやったの。と素直に気持ちを伝えると、山本くんは「あ、いや、その」と持ち上げていた顎をおろして頭の後ろに手をやった。

「あ、ありがとう。もういいよ、十分。ヌカちに褒められると……ちょっとむずむずするから、その辺で」

「？　うん」

止められてしまったので、俺は素直に黙る。しかしじろじろと眺め回すのをやめられない。

髪型が変わると本当に印象が変わるものなのだな、と感心してしまう。

「もう、ね？　ちょっと、うん、十分十分。それ以上はやめよう」

山本くんの手で視界を遮られて、俺は「あ、ごめん」と謝った。

「文化祭だから、髪型変えたの？」

「そうそう。ほら、結構そういうやつ多いよ。女子も気合い入ってるし」

言われて、ほぼ模擬店仕様になった教室の中を見渡す。

机や手作りの板で区切られた奥に設置された簡易的な調理場、セルフでかけられるケチャップとマスタードの設置された机、小さなイートインスペースと、ホットドッグの看板があるフォトスポットまで。本当に、小さなお店のようだ。

その中のスペースを使って、みんな思い思いに準備に励んでいる。

言われてみれば、たしかにみんないつもと雰囲気が違う。特に女子は顕著だ。いつもはストレートの髪をふわふわに巻いたり、それを結んだり、上げたり、パステルカラーのリボンを編み込んでいる子もいる。

俺たちの店のコンセプトは「アメリカ西海岸のダイナー」らしい。ということで、女子はストライプ柄のツーピースを着たウェイトレス姿、男子は同じ柄のパンツに上は白いポロシャツを着ている。俺は西海岸のダイナーなんてもちろん行ったことはないが、明るい色調がみんなのめかしこんだ髪型と相まって、なんだか陽気な雰囲気で……見ていて楽しい。

「みんな素敵だね」

みんながわいわいと盛り上がっている様子を見ていると、なんだか寝不足も吹っ飛ぶ。きらきらと輝くその光に当てられて、自分も輝かねばという気持ちになれる。

そうだ、そう。今日はせっかくの文化祭なのだ。

「山本くん、俺、頑張る」

むん、と拳を握ると、山本くんは「おう？　がんばれ」と不思議そうな顔をしながらも同じく拳を握ってくれた。

んじゃ、俺も制服に着替えてくるな、と、別に用意された更衣室に移動した山本くんを見送ってから、俺は「さて」と腕まくりする。

この十日間、やっぱり俺はあまり役に立てていないというか……まぁ、ほぼほぼゴミ拾いやゴミ捨て担当だったが、今日は違う。

（役割があるって言ってたし）

源さんたちが、「ヌカちに任せたいことがある」と言っていたのだ。直々に任せたいだなんて、きっと大役に違いない。

（調理にはそれなりに自信があるし、接客だって頑張る）

それに、あんな風に明るい……みんなとお揃いの制服を着られたら、俺も元気を取り戻せそうな気がする。

楽しそうに準備を進める面々を眺めながら役目を与えられるのを今か今かと待っていた……ら、教室の入り口にやって来た数名の女子に「ヌカち！」と呼ばれた。

そこには白石さんやその友達、そして源さんが鈴なりになって並んでいた。

みんな揃ってウェイトレスの格好をしていて、大層華やかで愛らしい。

「準備するから、こっちこっち」

楽しそうに笑う彼女たちに手招きされて、俺は「うん」とつられるように笑ってそちらに向かった。


「……はい、できたぁ！」

ふう、と白石さんが額の汗を拭う。かなり集中して作業していたらしく、「つっ、かれたぁ」と大きく息を吐いている。

「ヌカち、ヤバいよ、ヤバ……」

「三百六十度どこから見ても美少年。全方位美少年。なんていうかもう……光ってるわ」

そう言われて、はい、と鏡を手渡される。

目の前にかざした鏡の中には、見慣れた自分……より妙に髪がふわふわした自分がいた。さっき白石さんが「ヘアアイロン」を使って整えてくれたからだろう。なんというか、くるんくるんだ。

しかも顔もちょっと白い。白いし、まつ毛は長いし、唇は艶々している。これまた今俺の周りを囲んでいる女子生徒が「メイク」をしてくれたおかげだ。

模擬店である教室から連れ出された俺は、何故か女子用の更衣室（に使われている空き教室）に連れてこられた。そしてここに座って、と用意された椅子に腰掛け、美容室で使うようなケープをかけられて、そして髪やら顔やらをいじられることになった。

「西海岸のイメージだからジム・モリソンで行こうかと思ったんだけど、ヌカち様はやっぱりビョルン・アンドレセン系統だよねっていうか色々考えた結果こうなりました」

源さんが早口でそう言って「イメージ通りだわ」とどこか恍惚《こうこつ》とした表情を浮かべて俺を見た。さりげなく「様」と呼ばれたが、そのことに「あの、様じゃないよ」と口を挟めるような隙もない。

どうやら俺のこのヘアアレンジや化粧は、源さんがそのイメージを考え、白石さんたちがそれを元に施すという流れになっていたらしい。

「最初写真見せられた時はどうなるかと思ったけどさぁ。さすがヌカち、どうにかなるもんね」

「そう、なのかな？」

俺の力でどうこうできたとは到底思えない。俺はゆるゆると首を振った。

「どうにかなったのは、源さんがしっかり考えて、白石さんたちみんながそれを実行してくれたからだと思う」

俺の準備を手伝ってくれた面々を順番に見やりながら「だから、ありがとう」と言うと、彼女たちは「う」と何故か胸元を押さえた。

「そ、その顔で言われると破壊力マシマシだわ」

「心臓撃ち抜かれたかと思った」

「いつにも増してヌカち力がヤバい」

各々苦しそうにうめきながら「危ない危ない」と汗を拭っている。

何が危ないのかはよくわからないが、とにかく感謝の気持ちは伝わったらしい。俺は、ほ、と息を吐いてから鏡を閉じて源さんたちを見やった。

「それで、俺は今から何をすればいい？」

調理か、接客か、とわくわくしながら拳を握りしめる。と、彼女たちは揃いも揃ってにっこりと笑顔を浮かべた。

「あの、ヌカちさ……くんには、是非、こちらをお願いしたくて」

「こちら？」

はて、と見守っていると、源さんが更衣室の端に置かれた「何か」を手に取った。

「これで」

「……これ？」

じゃんっ、と差し出されたそれを見て、俺は首を傾げた。

十二　差し伸べられた手

「えっ！　なんかモデルいる、モデル！」

「誰？　芸能人？　なんかの撮影？」

「動画撮っていいかな？　写真ならあり？」

なんとなく漏れ聞こえてくる言葉を聞いて、俺は心の中で溜め息を噛み殺した。

「顔小さっ。え、男の子だよね」

「化粧してる？」

手にした看板でさりげなく顔を隠し、足早に歩く。

化粧もしているし、髪の毛もふわふわさせている。それに服だって……、みんなが着ている制服とはまったく違う。すっきりとした白いシャツにぴたりと脚に貼り付いたようなパンツ。ヒールの高いブーツまで用意されていて……履いたはいいもののさっきから何度も転びそうになっている。おかげでゆっくりとしか歩けないし、ゆっくり歩いているとスマートフォンを向けられる。カメラを向けられている気配に、俺は短く息を吸って振り返る。と、後ろを歩いていた三人連れの女生徒がビクッと身を縮めた。

「二年八組、ホットドッグ屋をやってます。よかったら行ってみてください」

ずい、と抱えている看板を前に押し出してみる。と、彼女たちは面食らったように目を丸くした後……。

「こ、声まで良い」

と惚《ほう》けたように呟いた。俺はもう何も言えず、ただこっそりと肩をすくめた。

＊

源さんたちに頼まれたのは、なんとホットドッグ屋の宣伝だった。

「この看板持って校内うろうろしてくれればそれでいいから。もうそれでいいから」

と笑顔で頼み込まれて。俺は何か言おうかと思ったが……出てきたのはいつも通り「うん」のひと言だけだった。

狙い通りというかなんというか注目は集めているようなので、彼女たちの読みは当たっていたのだろう。制服や、クラスでお揃いのシャツ、うちのクラスのように模擬店用の衣装などに身を包んだ生徒と私服や他校の制服の一般客……色々な人が混じり合ってる校内で、俺はそれなりに目立っているらしい。

話しかけられることこそ少ないが、先ほどのようにこそこそと何か言われたり、スマートフォンを向けられたりしているので、多分。

(良いこと、なんだよな)

客が増えるのは良いことだ。それだけ売り上げも上がるし。そうすれば、クラス出店部門の一位に選ばれるかもしれない。それは名誉なことだ。

(そう、みんなで一位取りたいねって話もしてたし……うん)

たしかそんなことを話していた気がする。

それに貢献できるのであれば、それ以上にいいことはないだろう。だけど……。

俺は廊下を歩きながら、他のクラスの店を覗く。そこはクラスの入り口に「お祭り屋」なんて描かれていて、奥には祭りでよく見かける出店のようなものがずらりと並んでいた。ヨーヨーすくいにわなげ、型抜きなど、比較的年齢層低めな子どもたちが楽しそうに遊んでいた。

その隣はクレープ屋。いろんな種類があるからか客をさばくのに時間がかかるらしく、長蛇の列ができている。他にも、教室プラネタリウム、和菓子喫茶などなど、様々な店が並んでいた。

（いいなぁ）

どのクラスも、みんな楽しそうに笑い合って呼び込みをしたり、店番をしたり、調理したりして……その、まさに「みんなで協力し合っている」という様子が大層楽しそうで。俺は僻《ひが》みにも似た「いいな」を心の中で何度も呟いた。

客を呼び込むのは大事なことだと、それはわかっている。けど、それでも。

（みんなと一緒にいたかったな）

準備の期間から、それは、じわじわと感じていたことだった。

「ヌカちだから」

という理由で、俺はみんなとちょっと違う場所に追いやられる。

ヌカちは見てるだけでいいよ、ゴミ捨てだけでいいよ、看板持って歩いてるだけでいいよ。

そういうことを言われるたびに、そこはかとない疎外感を抱いてしまう。

クラスのみんなに、俺を仲間外れにしようという意図なんてないのは伝わってくるし、悪意がないのも重々承知だ。でも……。

『奏って本当に顔しか取り柄がないわよね』

いつか母に言われた言葉が聞こえてきて、俺は驚いて振り返る。……と、すぐ後ろでスマートフォンを構えていた女子が「きゃっ」と驚いたような声をあげた。

「え、あ……」

「あ、ごめんなさ〜い」

謝っているのに、そのスマートフォンのカメラは俺に定められたまま動かない。

なんだか急にその真っ黒い小さな輪っかが怖くなって、俺は二、三歩後ずさりした。母の言葉を思い出してからずっと、胸がドッドッと嫌な風に高鳴っている。

「あの、カメラ……」

「わ〜喋ってる！　人形みたいなのに、すご〜！」

カメラを向けるのをやめて欲しい、とそう伝えようとしたが、それは弾けるような声に遮られてしまった。カメラを向ける彼女と、その連れらしい女性の声だ。

「いや、俺、は、人間で……」

俺は人形じゃない。それに、顔だけしか価値がないモノでもない。俺にだって感情はあって、でもそれを上手く言葉にできなくて。でも、それでも俺は、俺も……。

気が付いたら俺はくるりと踵を返して、ほとんど走るような早足で駆け出していた。心臓は変わらず脈打っているし、息もしっかり吸えなくて苦しい。

「あーん、逃げちゃった」

「動画撮るからじゃない？」

後ろから聞こえてくる声も、走ることで向けられる視線も、「わ、あの人見て」というはしゃいだ声も、全部、全部嫌になって。俺はほとんど泣きそうな気持ちで廊下を駆け抜けた。

「……あっ」

ようやく速度を落としたのは、階段に差し掛かったところだった。クラス出店がなく人通りもほとんどない、校舎の奥の方にある階段だ。階下に降りようとしたが、脚がもつれてしまって。手すりに捕まるようにしてどうにか踏みとどまる。

もしかしたら階段から転げ落ちていたかもしれないと、俺はゾッとしてへたり込んだ。

「はっ、はっ……はー……」

手に持っていた看板を横に置いて、立てた膝の間に顔を落とす。

今はまだ人はいないが、そこかしこから楽しげな声が届く。このままここに座り込んでいるわけにもいかないだろう。

（お客さん呼ばなきゃ、嫌とか、そんなこと言ってる場合じゃない……）

わかっている。わかっているのに、足が動かない。体中の力が抜けて、くたくただ。

（ばあちゃんの梅干しでも食べたら、元気出るかな）

そんなことを考えて、ふ、と笑って、元気を出そうとして。けど、やっぱり無理で。

『顔しか取り柄ないんだから、愛想良くしなさいよ』

『奏って、会話のキャッチボールもできないの?』

『何言ってるか全然わからない。もう話さなくていいわ、会話にならないもの』

元気を出そうと思えば思うほど、思い出したくない嫌な記憶や、言われた言葉が冷たい雨のようにしとしとと降り注いでくる。

(俺は、俺は……)

階段の壁に身を寄せて、体を縮める。いっそここでこのまま壁と一緒になって、消えてしまえたらいいのに。

そんな、馬鹿なことを考えて……俺は目を閉じた。

壁にならなくてもいいから、とにかく、もうここから動きたくない。このまま、このまま……。

——トンッ、トンッ。

うずくまったまま立ち上がれない俺の耳に、軽やかな、けど焦ったように忙《せわ》しない足音が聞こえてくる。誰かが、階段を駆け上がってくる音だ。そのままその「誰か」が登ってくれれば、俺と鉢合わせることになるだろう。

もう顔を見られたくない俺は、顔を膝に埋めて、膝裏に腕を回した。そして、小さく、小さく丸くなる。

――トンッ、トン……ッ。

どんどん近付いてきた足音が止まる。俺の、すぐ側で。

「は、はっ、……八重沼？」

荒い息の合間に呼ばれたのは、間違いなく俺の名前で。

「八重沼」

もう一度名前を呼ばれて、俺は、のろのろと顔を持ち上げる。

膝頭に目元を押し付けすぎて、視界がぼやけている。階段の踊り場に立つ誰かは、差し込む光を背にして真っ直ぐに俺を見ていた。そして、階段を二段飛ばしで、飛ぶように登ってくる。

「どうした？　具合悪い？　保健室行こうか」

気遣うようなその声を聞いて、近付いてきた彼のその顔を見て、俺は……彼が誰だか知った。

「……二宮、くん」

そこにいたのは、二宮くんだった。

制服のスラックスの上にクラスTシャツと思われる黒いシャツを着た二宮くんは、肩で息をして額の汗を拭いながら俺の前に立って身を屈めてくれた。

どうして、とか、なんでここに、とか、色々聞きたいことはあるのに、何も出てこない。

「大丈夫？　行ける？」

ためらいなく差し出されたその手、その言葉に懐かしいものを感じて。少しの逡巡《しゅんじゅん》の後、俺は「あぁ」と思い出す。

そう。それは二宮くんと初めて話した時に、彼が俺に向けてくれた手と、言葉、そのものだった。

墨汁で汚れた俺のシャツを見て、二宮くんは迷うことなく手を差し伸べて、そして教室の外へと連れ出してくれた。

「あ……」

なんだか胸がいっぱいになって、二宮くんを見上げたまま……ほろりとひと粒涙を零してしまった。

「やっ、八重沼。え、どうした、どっか痛い？　立てないならおぶっていくから。それか、抱き上げた方がいいかな？　な、どうしたい？」

どうしたら苦しくない？と二宮くんの方がよほど痛そうに問うてくる。それでもう、俺の顔は……くしゃくしゃになってしまった。

「にっ、のみや……く」

俺はしゃくりあげるように泣きながら、首を振る。

どうしたらいいか、と、俺に聞いてくれる二宮くんが、好きだと思った。

俺がどうしたいか、聞いてくれる。

自分の好きなものを教えてくれて、でも俺の好きなものも聞いて、受け入れてくれる。俺と……八重沼奏と会話してくれる二宮くんが、その優しさが。好きだ。

「にのみやくん……っ」

でも、その気持ちは全然言葉にならなくて。俺はただ、ひぐ、ひぐ、と涙を流して喉を鳴らすしかない。

「あー、あぁ、あー、もう」

二宮くんはおろおろとあっちを向いたりこっちを向いたり、俺の涙をシャツの袖で拭ったり、頬に貼り付いた髪を払ってくれたりしていたが、そのうち困ったように唸って、そして俺の目の前に座り込んだ。

「具合悪いとか、そういうんじゃないんだな?」

二宮の問いに、俺は「うー、うぅ」と泣きじゃくりながら、こくこくと頷く。と、「わかった」と何かを決意したように頷いた二宮くんが両手を広げて、そして、俺の……頭を抱き込むようにして抱きしめてきた。

「泣いてもいいから、大丈夫だから」

よしよし、と背中を撫でられて、俺は目を見開いてから、そしてまた涙を溢した。

誰かに無条件に慰められることが、こんなにも安心するなんて知らなかった。

糠床のことも、楽しいことも考えなくていい。ただ、温かい腕の中に包まれているだけでいい。

「うー……うぅー……」

泣きながら、俺は二宮くんの背中に腕を回した。しがみついても、すがりついても、二宮くんはその手を振り解かないでくれるだろうという、たしかな信頼があったからだ。

二宮くんはきっと、俺がどんなにみっともなく泣いても、抱きしめていてくれる。そう、信じることができた。

俺の勝手な信頼を裏切ることなく、二宮くんは泣いている俺をずっと抱きしめていてくれた。背中を撫でて、時々「大丈夫？」と優しく問うてくれて。

氷のように冷たく固まっていた心が温かいお湯でじわじわと溶かされていくように、涙が止まるまで、ずっと。

十三　かっこわるい好き（二宮③）

八重沼に嫌われたかもしれない。

それは文化祭数日前の、特大の悲劇だった。

「はい。じゃあ明日の役割。希望通り午前中店番で、午後から自由な」

ぺら、と今日の役割分担が書かれた紙を受け取り、俺は「おー……」と気のない返事を返した。十日前なら俺はご機嫌でそれを受け取り、「八重沼と回れるのは午後。はー、どこから行こうかな」なんてうきうきしていただろう。……が、今はそんな気持ちにもなれない。

俺のやる気のなさに気付いたのだろう。プリントを手渡してきた武田が「なんだよー」と非難がましい声をあげる。

「文化祭だぞ？　他校の女子も来るんだぞ？　もっと気合い入れてこうぜ！　ってか二宮、こないだまでめちゃくちゃ元気だったくせになんでそんな意気消沈してんだよ」

武田に喚《わめ》かれて、俺は「んー」とやはりふにゃふにゃした返事をしてしまう。

「あら、もしかして好きな子に振られたとか？」

武田の後ろから、にゅ、と瑞原が顔を出す。その言葉に一瞬片眉を持ち上げてしまってから、しまった、と思う。

「あれあれ～？　冗談のつもりだったんだけど、もしや本気で振られた？」

瑞原はにやりと微笑んで顎に人差し指を当てている。瑞原は基本的に、人の不幸を楽しめる男なのだ。いいところもあるにはある奴だが、こういう時は友達をやめたくなる。

「えっ、それってマリナちゃん？　あんなに二宮のこと好き好きオーラ出してたじゃん」

「ちーがーう」

あまり聞きたくない名前を出されて、俺はあからさまに眉をひそめてしまった。別に彼女が悪いわけではないのだが。マリナちゃん……そう、彼女と買い出しに行くところを見られてからというもの、八重沼は急に俺を避けるようになった。

（俺に彼女がいるって勘違いして、遠慮したとか？　いや、彼女じゃないってはっきり伝えたし）

俺はメッセージアプリで、あの時一緒にいた子は彼女とかじゃない、と八重沼に伝えている。が、八重沼は「そうなんだ」とあっさりとした態度で、勘違いしている様子もなかった。

（あれが原因じゃないなら、なんであの日から俺のこと避けるようになったんだ？）

考えても考えても、答えは出ない。なにしろ、その答えを知っているのは八重沼だけだからだ。

何にしても、八重沼が俺から離れたがっているのは事実だ。毎日のようにやり取りしていたメッセージは減り（どころか八重沼発信のメッセージはほぼなくなった）、放課後に会うこともなくなり、学校ですれ違うこともももちろんない。俺がいくら「会おう、それが駄目ならせめて通話しよう」ともちかけても駄目だ。

挙句の果てには……。

（アイコンが、虹じゃなくなった……）

そう。今までずっと俺が送った虹をメッセージアプリのアイコンにしてくれていた八重沼が、初期設定のような単色のそれに変えてしまった。もう、衝撃も衝撃だ。

思わずみっともなく「なぁ、なんでアイコン変えたの？　俺のこと嫌になった？　なぁ、なぁなぁ」と問い詰めるために電話をかけそうになって……どうにか耐えた。あまりにも情けなさすぎるからだ。いや、そもそも何度も「会いたい」「話したい」とメッセージを送り続けること自体かなり情けないのだが。

（わかってるよ、馬鹿みたいだって）

それでも、八重沼を諦めることができないのだ。

避けられても、顔も合わせてくれなくても、それでもこっちを向いて欲しくて。もうどうしようもない、どん詰まり状態。

八重沼に嫌われたのかもしれない、という衝撃と、それが俺に与えるダメージはかなりのもので。最近の俺は絶不調そのものだ。

（単純に、忙しいとか、疲れてるとか、もしくは俺が連絡しすぎてうざくなったとか。そういうのならまだマシ。一番怖いのは……）

嫌な考えを頭の中に描いてしまって、手に持つ紙がくしゃりと歪む。

一番怖いのは、俺の気持ちがバレて、それで八重沼が俺を避け出したという場合だ。

八重沼はふわふわとした言動に比べて、意外と人の気持ちに敏感だ。恋愛の話をしたことはないが、好意を向けられることはたくさんあったのだろう。その敏感さで、俺の気持ちに気付いたとしたら。その上で「嫌だ」と思われて避けられているのだとしたら……。

「だぁっ！」

「うおっ、びびった。なに？」

思わず大声を出して思考を遮る。と、隣にいた武田が飛び上がった。

「いや……別に」

変な行動を取ってしまった気まずさから、俺は紙を手にしたまま、腕を組んで近くにあった机に寄りかかる。

「まぁ、なんか煮詰まってるんだろ、二宮なりに」

瑞原が笑いを堪えたような顔をしながら、諭すようにそんなことを言ってくる。こいつは、本当に人が苦悩しているところを見るのが好きらしい。

瑞原の言葉に「ふーん」と鼻を鳴らした武田が、首を傾げた。

「でも、二宮がそんなんなるなんて、珍しいな」

「あ、俺も思った。まじでらしくない」

と、小浦まで話に乗ってきた。

「二宮って基本人当たりいいし、不機嫌とか顔に出さないっていうか」

「そうそう。なんでもそつなくこなすし、女にモテるし、モテる」

「あんま人間関係とかで悩まなそう、っていうか、悩んだことないだろ」

武田たちの評は、俺自身自分に思っていたことだ。大体のことは難なくこなせるし、人付き合い……ましてや恋愛関係で悩んだことなんて一度もなかった。

なのに、八重沼のこととなるとこれだ。周りに気遣いなんてできないし、しつこく連絡してしまうし、八重沼の気持ちもわからなくて七転八倒している。

「そうだな」

俺は素直に認める。すると、武田と小浦が「うわ」と口元を押さえた。

「二宮〜、ごめん、ほんとに参ってんだな」

「なんか、こんなしょげてるお前初めて見た」

よくわからんけどどんまい、と肩を叩かれて、俺は「ん」と少し笑って頷いておく。

「意外と、話したらすっきりするかもしれんぞ」

「そうそう。言えることなら言ってみろ。恋愛系？」

武田と小浦の励ましに、俺は少しだけ悩んでから「まぁ、そう」と頷いた。

「なんか、あー……気になってる人に好きになってもらえなくて。で、好きになって欲しいがためにみっともないことしちゃいそう、っていうか」

そう。どんなに頑張っても、八重沼に俺のことを恋愛対象として好きになってもらえないかもしれないのが、悲しい。アイコンの件もそうだが、みっともなく「なんで？」と縋ってしまいそうな自分が怖い。

という気持ちを、噛み砕いて伝える。と、武田と小浦はきょとんと顔を見合わせた後「はぁ？」「そんなん当たり前じゃん」と喚いた。その後ろでは、瑞原が腹を抱えてけたけたと笑っている。

「おま、今までどんだけ苦労してないんだよ」

「そんな、好きな人に好きになってもらえないとか、当たり前じゃん。全部の恋が上手くいってたらこの世に片思いなんて言葉存在しないんだよっ」

両側からギャンギャンと責められて、俺は耳を塞ぐ。そして二人の言葉を反芻して……「え？」と首を傾げた。

「そういうもん？」

「そういうもん！」

武田も小浦も、ついでに瑞原も力強く頷いた。それはもう、しっかりと。

「なーんだ。心配してやって損した」

はーやれやれ、と武田がわざとらしく頭の後ろで手を組む。

「片思いなんて、みっともなくてなんぼだろ」

自信満々の小浦の言葉に、思わず「えぇ……」と溢してしまう。が、小浦はピシ、と俺の鼻先に指を突きつけてきた。

「俺もまぁちゃんと付き合えるまで苦労した。すげぇ苦労した。だってまぁちゃん爆モテ女子だし。最初は『私年上の人が好きなのよね』っつって振られたし。それでも俺はみっともなく諦めなかった。五回は告白した」

「な、るほど？」

小浦の熱い励ましに、思わずたじろいでしまう。ちなみに「まぁちゃん」というのは小浦の彼女のことだ。二人にそんな馴れ初めがあったとは知らなかった。

「武田なんて見てみろ。何回振られてるかわからんぞ。振られるたびに『別にそんな本気じゃなかったし』って言ってるみっともなさを見ろ」

見ろ、と今度は武田を指す。武田は「うんうん」と重々しく頷いた後、「ん？」と首を傾げた。

「え、なんか俺のことを馬鹿にしてない？　してないよな？」

な、という武田の問いに答えず、小浦は拳を握りしめる。

「な？　片思いなんて、みっともなくてなんぼだろ」

もう一度、言い聞かせるように繰り返す小浦を、武田が「もしもーし、小浦っち？」とつつき、その後ろでは瑞原がもはや無言で机に突っ伏して体を震わせている。

俺も、小浦が妙に熱くなってるとか、武田がとばっちりくらってるとか、瑞原が死にそうなほど爆笑してるとか、今のこの状況がおかしい。おかしい……が、小浦の言葉だけは、妙にすとんと腹の内に収まった。

「みっともなくてなんぼ、か」

言葉にすると馬鹿馬鹿しくて、俺は吹き出すように笑ってしまう。

「おいこら、俺は真剣に言ってるんだぞ」

「いや、はっ、わかってる。……ははっ」

笑みが溢れるのは、馬鹿にしているからじゃない。本当にその通りだと思ったからだ。

俺は一人でぐるぐると「みっともない」「情けない」と悩んでいるだけで、その気持ちそのものを八重沼に伝えていない。ただ一人で悶々と抱え込んだ気持ちをこねくり回しているだけだ。

どうせみっともないなら、ちゃんと……気持ちくらい伝えてみればいいのだ。

（や、そんな今すぐには無理だけど……でも）

俺は笑いながら、手に持っていた紙を見下ろす。

八重沼は、約束はきっちり守る性格だ。これだけ避けていても、明日の約束は守ってくれるだろう。

嫌な顔……されたら悲しいけど。っていうか、嫌がられたら諦めなきゃいけないけど。でも、その前に……。

（みっともなくても、振り向いてもらえなくても、ちゃんと気持ちを伝えるくらいはさ。しなきゃだよな）

少しだけくしゃくしゃにしてしまった紙を丁寧に開いて、もう一度見る。

二宮翔馬、という名前の横には午前の部分に「○」、午後の部分に「×」と端的に記されていた。俺はその×の部分を親指で優しく撫でて、祈るように目を閉じた。

どうか俺と八重沼にとって、楽しい、素晴らしい午後になりますように、と。

＊

（の、はずだったんだけど……）

髪の毛に左手を突っ込んで、ぐしゃぐしゃにかき混ぜる。朝からヘアアイロンと整髪剤を使ってばっちり決めてきたのだが、今はもうそんなこと気にしている場合ではない。し、その髪型を見せたかった人は目の前にいて、こちらも見られないくらい俯いているのだから。

「八重沼？　ちょっとは落ち着いた？」

階段に座り込んでぐすぐすと泣く八重沼を連れて、人のいない空き教室に移動したのは三十分ほど前。さすがにもう涙は止まったらしいが、八重沼はくたりと疲れたように俯いている。

八重沼の髪も、今日は綺麗にセットされていた。ふわふわの髪はくるりと綺麗に巻かれて、なんだか……こんなことを言うのは恥ずかしいが、天使みたいだ。

顔にもうっすらと化粧が施されているが、その大部分は泣いて顔を擦ったことで落ちてしまったようだ。それでもやはり、八重沼は美しい。でも今は、その美しさも少し痛々しい。

（なんでこうなったって……多分、あれのせいだよな）

俺がタイミングよく八重沼のところに駆けつけられたのは、クラスメイトのマリナちゃんが見せてくれた動画のおかげだった。

「これ、ヌカちだよね？　ヴィジュアルすごくない？」

先日俺と一緒にいる時に遭遇したからだろう。マリナちゃんは嬉々としてスマートフォンの画面を見せてきた。

開かれていたのは動画アプリで……そこには、うちの校舎内を看板を持って歩く八重沼が映されていた。最初は後ろ姿、そして何かに気付いたようにこちらを振り返り、驚いたように目を見張る。たった数秒の動画だが、八重沼のとんでもない美貌や、そのスタイルの良さが伝わってくる。

動画の概要欄には「文化祭。うちの学校のやばいイケメン」と書かれている。閲覧数はぼちぼちだが、「え、アイドルかモデル？」「芸能人でしょ」「かっこいい～」というコメントが並んでいる。

短い動画ではあったが、それが八重沼だとはっきりわかる動画だ。俺は

「は？」と声を漏らしてそれを見て……そして数秒後にはその場から駆け出していた。

「えっ、ちょ、二宮くん？」

マリナちゃんの引きとめる声には振り向かず、俺は中庭を飛び出す。と、ちょうど校舎に入ってすぐの廊下に瑞原が立っていた。

「瑞原、なぁ、頼む、店番変わってくれ」

時刻はまだ十一時前。俺は十二時まで中庭に設置された巨大迷路の店番兼呼び込み担当だった。

「えー？　なんでー？」

「なんでって、それは……」

俺は少し迷ってから、ぐ、と拳を握りしめた。

「好きな子が、困ってるから。助けに行きたい、今すぐ」

動画の中で見た八重沼は、ただ驚いたような顔をしている……ように見えた。けど、あれは驚いているだけじゃない。困ってたし、怯えていた。ここ何ヶ月、ずっと八重沼の顔を見てきたからわかる。小さな感情ひとつ逃さないようにと見つめてきたから、わかるのだ。

「んー、いいよ」

俺の言葉を聞いた瑞原は、ほとんど悩む様子もなく頷いてくれた。

「いいのか？」

頼みはしたものの、普段の瑞原の様子から「嫌だよ」と断られる覚悟もしていたので、思わず確認するように問うてしまう。

「いいよ。けど、今度その好きな子の話、ちゃんと聞かせろよ」

ウィンクするように片目を閉じた瑞原にそう言われて、俺は一瞬面食らって言葉を飲み込んでから、そして「おう」と頷いた。

瑞原は人の困るところを見るのが好きな奴だと思っていたが、意外と、そうではないのかもしれない。

「まぁ、その子と上手くいけばの話だろうけど」

けたけたとそれはもう楽しそうに笑う瑞原を見て、俺は半眼になる。そして心の中で「前言撤回」と判断を下した。

「……とりあえず、悪い。埋め合わせはするから、よろしく頼む」

何にしても、助けられていることは事実だ。俺は瑞原に手を合わせて、そして今度こそ校舎の方へ向かって駆け出した。

先ほどの動画から、八重沼が大体どのあたりを歩いていたかはわかる。しかもあれだけ目立つなら、道行く生徒に「ホットドッグ屋の看板持ったすげぇ美人見なかった？」と聞けば居場所もわかるだろう。

そうあたりをつけて、そして狙い通り目撃情報を辿って八重沼を追いかけて、探して、探し回って。そして、人通りのない階段に座り込んでいる彼を見つけた。

八重沼は俺を見て、しばらくして驚くほど盛大に泣き出した。わんわんとまではいかないが、しくしく、さめざめと、本当に苦しそうに泣くから、なんだか俺まで胸が痛くなって仕方ない。

「ご、ごめん」

そんな八重沼が、ようやくぽつりと言葉を溢した。すん、と洟《はな》を啜って、本当に申し訳なさそうに肩を落としながら。

「え？　謝る必要ないよ」

「だって、こうやって助けてくれて……」

かさかさに掠れた声で謝る八重沼に、俺は「それなら」と提案してみる。

「ごめんじゃなくて、ありがとうの方が嬉しい」

俺の言葉を聞いて、ぽか、と、口と目を開く八重沼の表情はやたらと幼い。髪型も服装も大人っぽいのに、なんだか子どものような無垢さがアンバランスで、胸がキュッと切なくなった。

「大変だった、みたいだな。ごめん、すぐ来られなくて」

「え、いや……いや」

八重沼はゆっくりと首を振って、そしてぽつりと溢すように「ありがとう」と呟いた。

「二宮くんが来てくれなかったら、俺、あのままあそこにうずくまって立てなかった、と思う」

「そ、か」

少しでも役に立てたなら嬉しい、と伝えると八重沼がようやく顔を持ち上げる。

薄茶色の目とぱちりと目が合った。八重沼はその目をキュッと細めて、少しだけ口端を持ち上げた。

「ありがとう、二宮くん。二宮くんが来てくれて、嬉しかった」

八重沼はそう言って少し視線を揺らすと、また少しだけ顔を俯けた。

「俺、クラスの……宣伝係をすることになったんだけど」

「うん」

「一人で宣伝するんじゃなくて、みんなと一緒に、店の手伝いしたかったんだ」

「うん、そっか」

ぽつ、ぽつ、と泣いていた事情らしきものを、八重沼が教えてくれる。

「俺、空気読めないし、話すのも上手くないし、人の話にも『うん』って頷くばっかりで、楽しくない人間なんだ」

俺は「そんなことない」と断言できるが、八重沼はどうやらそんな慰めを求めている様子ではなかった。まるで自分の中のもやもやを、絡まったそれをほぐすように、正直に気持ちを話してくれている。

俺は口を挟むのをやめて、「それで？」と先を促した。

八重沼はその長いまつ毛を震わせて一瞬だけ俺を見ると、どこかホッとしたように目を細める。そして、安心したように話の続きを紡いだ。

「お母さん、……俺の、お母さんね。お母さんにも、結構、なんていうか……

俺は顔だけしか取り柄がない、って感じのことを、ずっと言われてて」

初めて聞くことに、俺は思わず息を呑む。

八重沼が両親との関係が、そう上手くいっていないことはなんとなく察していた。八重沼から親の話はまったくといっていいほど聞いたことがなかったからだ。八重沼が過去の話をする時出てくるのはお祖母さんばかりだった。

でもまさか、そんなことを実の母親に言われていたなんて。

「見た目はよく褒められるけど、中身は……駄目な奴だから」

俯く八重沼の言う通り、彼の顔は憂いているその表情すら美しい。頬に残る涙の跡は痛々しいが、それに対して憐憫《れんびん》の情と共に劣情にも似た気持ちが込み上がるのも事実だ。

でも俺は、八重沼の中身が駄目だなんて、思ったことはない。

「二宮くんも、顔と声はいいけど……って言ってくれて。クラスでも、こう、手を動かす仕事じゃなくて一人で客寄せっていうのが、なんというか……その、顔しか役に立たないかな、って」

それを伝えようと口を開きかけたが……思いがけない八重沼の言葉に止まってしまう。

「あ、……え？　お、俺？　俺がそんなこと言っ」

言った、と聞こうとして、少し前の通話の際にそんな会話をしたことを思い出す。

『顔もいいし、声もいいし。八重沼ってほんといいよな』

「言っ……たな。言った」

そう、間違いなくそう言った。それは八重沼を好きと言いそうになったのを誤魔化すための発言ではあったが。しかしそれは、八重沼の心の傷を抉《えぐ》るのに足るものだった。

「ごめん。あれは……」

「でも一番嫌なのは、そう言われて、『そうだよね』って思っちゃう自分なんだ。俺には顔しかないって、俺自身がそう思ってる」

俺の言葉を遮るように八重沼がそう言って、困ったような顔をして笑った。八重沼に、母親や、クラスメイトや、俺を責める気持ちはないのだ。ただ、ただ素直に傷付いている。

「八重沼」

悪かったとか、ごめんとか、あれは違うんだ……とか。言いたいけど、言えない。今ここでそれを言ってもきっと、八重沼は慰めとしてしか受け取ってくれないだろう。

「それで、沈みかけてたんだけど……でも、二宮くんが手を差し伸べてくれたから」

「……手？」

自分の不甲斐なさに下がっていた頭を、ゆっくり持ち上げる。八重沼は先ほどまでの寂しそうな顔に、それでも、笑顔を浮かべていた。

「うん、手」

手、と言われて、俺は自分の手を見下ろす。

「二宮くんの手を握ったら、なんか、それでもいいかもって……思えたんだ。ちょっと」

「八重沼」

「暗いところから掬い上げてもらったような、そんな気持ち。……だから、ありがとう」

先ほどの、階段でのことを言っているのだろうか。

俺はただ、八重沼の悲しんでいるところを見たくなくて探しただけで、そんなの自分のためでしかなかったのだが。でも、それでも。それが八重沼の救いになっていたのなら、嬉しい。

にこ、と笑ってくれる八重沼に、俺も笑顔を返す。

さっき俺も、ごめんよりありがとうが欲しいと言ったばかりだ。ネガティブより、ポジティブが欲しいし、与えたい。

「そっか。なら、廊下走って、八重沼に会いに来てよかった」

みっともないことをしてよかった、と。俺は「ほんとに、よかった」と心からの安堵を溢す。

「うん。ふふ、ありがとう」

再度、小さな声で礼を伝えてくれた八重沼のその耳のあたりが、ほのかに赤くなっている。それを見て、胸の奥の方がむず痒《がゆ》くなった。

(どういたしまして、とか)

いいんだ、とか。友達だろ、とか。そういう言葉を言うべきだ。今までの俺ならそうしていた。さらりと当たり障りのないことを言って、それで。

「俺さ、八重沼が好きだから」

でも、出て来たのはただの正直な気持ちだった。かっこよくもなんともない。本当にただ、ただの気持ち。

「好きだから、悲しい時は助けたい」

「……え？」

弾かれたように顔を上げた八重沼が、信じられない、という表情をして俺を見ている。

「顔とか、声とかだけじゃない。素直なところとか、飾らないところとか、何も考えないで話すところ……っていや、これは悪い意味じゃなくてさ、あの……」

途中、あんまりなことを言っていると気が付いて言い訳をして、しどろもどろで気持ちを伝える。

「ごめん……もうちょっとかっこよく言いたいけど、駄目だな。俺は、ただもう、でも、八重沼が好きなんだ。八重沼の全部が、好き」

「え、あ、俺も……」

「友達って意味じゃないぞ？」

あっさりと同意を返してくれた八重沼に、釘を刺す。

多分俺の顔は今情けないほど赤くなっているだろうし、頭に手を突っ込んでいるから髪もくしゃくしゃだろう。爽やかな笑顔なんて浮かべられない。背中に汗もかいてる。

「恋愛感情で、八重沼が好きなんだ」

八重沼の目が、これ以上ないというほどに見開かれる。硝子玉《ガラスだま》みたいに綺麗なその目が、ぽろりと転げ落ちてきそうなほどだ。俺はそれを受け止めるように、八重沼の頬に手を伸ばした。

肌に触れようとしたその時、ぴく、と八重沼の身が跳ねた。

「ごめん、八重沼は友達って思ってくれてるのに、好きになって」

八重沼に触れそうになった手を、きゅ、と握りしめる。軽々しく人に触れてはいけないということすら忘れていた自分が恥ずかしい。

……が、八重沼は何を思ったのか、そんな俺の手を、自分の手で包み込んだ。

「え？　な、なに？」

驚いて手を引こうとするが、八重沼がそれを許してくれない。柔らかく、しかしそれなりに強い力で俺の手を両手で包み、離さない。

「俺も好きだよ」

「……はっ？」

動揺して、声が盛大に震えてしまった。「は？」というより「はへ？」って感じだ。

そんなかっこわるい俺の反応なんて気にした様子もなく、八重沼がきらきらとした目を俺に向けてくる。

「俺も、二宮くんが好き。好き。多分、初恋なんだ」

八重沼に手を掴まれていなかったら、俺は多分その場にひっくり返っていたかもしれない。ひっくり返って、「嘘？　え、ほんと？　やった、え、ほんと？

本当って言って、お願い。お願い！」なんてことを口走っていたかもしれない。

そのくらい、嬉しくて、嬉しくてたまらなくて、俺はまたも「は、は、へ？」と情けない震え声を漏らしてしまった。

もう、この上ないくらい情けない。……情けない、けど、もう情けなくていい。

八重沼の前なら、どんなにかっこわるくてもいいや、と思えた。八重沼が、そんな俺を好きだと言ってくれるなら、なんだっていい。

十四　言葉で伝えること

人間、あまりにも驚いてしまうととんでもないことを言ってしまうし、してしまうらしい。なんというか、気持ちのままに行動してしまう。

二宮くんに「好き」と言われた俺もそうだった。

ただもう嬉しくて、何も考えないままに「俺も好き」と言ってしまった。

それで……二宮くんをこの上なく驚かせてしまったらしい。二宮くんはしばし壊れた機械のように「あ、え、あ」と言葉になってない声を漏らした後、ぼっ、と音がしそうな速さで顔を真っ赤にした。

「二宮くん、本当に、俺のこと好きなんだ」

言葉よりなにより、その反応が俺のことを好きだと伝えてくれていた。なにしろ二宮くんの頬はばあちゃんの漬けた梅干しより赤かったから。

嬉しさと照れ混じりの俺の呟きに、二宮くんは「や、だから、そうだってば」とどこか脱力したように返して、へなへなとその場に座り込んだ。手は繋いだままだったので、椅子に腰掛けた俺の手も下に引っ張られる。

「あ、ありがとう」

くん、と手を引かれて、こちらを見上げる二宮くんの顔と顔が近付く。二宮くんは照れたような、けどすっきりしたような顔で笑っていた。いつもの、太陽みたいにぴかぴかの笑顔だ。

「マジか……あぁ、あー……、言ってみるもんだな」

かっこわるくても、と二宮くんが少し恥ずかしそうに言って。俺は、少しだけハッとする。

（そうか。そうか……）

二宮くんは、本当に恥ずかしそうだった。顔を赤くして、声も掠れていて。

それでも、気持ちを伝えてくれた。

もし今ここで二宮くんにはっきりと「好き」と言ってもらえなかったら、俺はその思いに絶対に気付かなかっただろう。

今日の今日まで二宮くんを避けていたことを思い出し、俺は少し後ろめたい気持ちになって、そして反省する。

「うん。本当に、ありがとう」

気持ちを言葉にすることは、本当に大変なことだ。

俺はそれが下手くそで、本当に下手くそで……。母にもずっとそう言われていた。

こんなに下手くそなのは自分だけだと思っていた。他の人は楽に出来ることが、どうして自分には出来ないんだと。

(でも、二宮くんだって大変そうだ)

二宮くんは、本当に振り絞ったように気持ちを言葉にしてくれた。誰だって、大なり小なり同じ大変さを抱えているのだ。

「俺も、俺も二宮くんが好き。大好きだよ、本当に、本当」

俺が二宮くんの特別になるなんて無理だとか、女の子じゃなくていいのかとか。そういうもやもやが全部、ふわふわと飛んで弾けて、消えていく。

「マジ？」

「うん、嘘じゃない」

「……へへ、やった」

に、と歯を覗かせて二宮くんが笑う。

その笑顔を見ているとなんだかもうたまらなくなって。つられて俺も笑ってしまう。……と、笑っていた二宮くんが、ふと一瞬、顎を引いて真面目な顔をする。

「……八重沼」

名前を呼ばれて、もう一度手を引っ張られた。二宮くんの手を包み込んでいた俺の両手を、逆に二宮くんが掴む。そして、優しく二宮くんの方へと引き寄せられる。

「にのみ……」

近付いた分離れるかと思った二宮くんの顔が、もっとこっちに近付いてきた。

ふわ、と二宮くんがいつもつけているらしい爽やかで、少しだけ甘い香りと、肌の香りがする。

視線が交わって、星のない夜空のように黒い目がどんどん、どんどん近付いて。

（あ）

俺の口と、二宮くんの口とが触れ合いそうになった、その時。

——ピン、ポン、パン、ポーン。

ちょっと間の抜けたチャイムが、教室の天井に設置されたスピーカーから聞こえて来た。音に驚いた俺の体がビクッと跳ねて、二宮くんの顔が横に逸れる。

頬に、少しだけ熱いものが触れて、離れていく。

「あ、え」

『えー、お知らせです。二年八組、八重沼奏くん。二年八組、八重沼奏くん。至急二年八組の教室に……』

『えっ、これもうヌカちに聞こえてる？』

『ヌカち～！　どこっ？　大丈夫っ？　なんか倒れてたってほんと？　ヌカちー！』

『すみません、天使みたいに綺麗な人だから一目見たらわかると思うんですけど、本当に天使で……』

『あの、ちょっと、放送で呼び出しますから』

聞こえて来たのは呼び出し放送だった。八重沼奏……そう、俺の呼び出しだ。しかもところどころ、後ろの方から複数の声が被さってくる。多分、山本くんや白石さんや、源さん、その他クラスメイトの声……な気がする。

『ヌカち～！　一人にしてごめんねー！』

『戻ってこーい！　いや、迎えに行くからどこにいるか教えてくれー！』

『すごい、すごい綺麗で可愛い天使なんです。皆さん見かけたら教えてくださいお願いしま……』

『えー、以上です！　八重沼くん、至急、大至急二年八組の教室に帰ってくださいお願いします』

わぁわぁという騒がしい放送が、ふつっ、と途切れる。おまけのように「ピン、ポン、パン、ポーン」ともう一度チャイムが鳴って……静けさが戻った。

思わず二宮くんを見ると、二宮くんも俺を見ていた。

二人して顔を見合わせて、俺はそろそろと首を傾げる。

「今の、……俺のこと、だよね？」

きっと、多分、おそらく……そう、だと思う。

＊

二宮くんと連れ立って、そろそろと教室に戻る。

昼過ぎて少し客足が遠のいたらしく、思ったより人が少ない。その代わり、同じ制服を着たクラスメイトがたくさんいた。店番は交代制のはずなのにみんなが揃っているはずなどないのに、それなのに多分、ほとんど全員がいる。

「あの……」

「あっ、ヌカち！　ヌカちだ！」

おそるおそる声をかけると、真っ先に俺を見つけた白石さんが駆けてくる。

そして俺の手を取った。

「ヌカちー！　大丈夫？　なんか具合悪そうだったって目撃情報聞いてさぁ、スマホに連絡入れても返事ないしさぁ、保健室にもいないしさぁ、どこにもいないしさぁ」

どわっ、と息継ぎなしに話しかけられて、思わず「う、うん」としか言えない。

と、白石さん以外のクラスメイトも集まって来て、あっという間に囲まれて、俺はそんな面々を見回すことしかできない。

「もーっ、心配したぁ～！」

「大丈夫？　源ちゃんが『ヌカち様、誘拐されたかも』とか言うからますます不安になってさぁ」

「だ、だって、ヌカち様だから、それもあるかもって」

みんなが口々に俺に対しての心配を口にしてくれる。白石さんたち女子だけじゃない。山本くんや他の男子も「大丈夫だったか？」「まじで心配した」と言ってくれて。俺はただ「うん」と頷いて答えて……、そしてハッとする。

うん、じゃない。そうじゃない。

「あのっ」

一度口を開いて、閉じて、そしてもう一度開いて、俺は声を絞り出した。が、音量を間違えてしまい、やたら大きな声を出してしまう。

途端、わいわいと喋っていた面々が一斉にこちらを見た。

「ヌカち？」

「あの……」

首を傾げる白石さんたちに向かって、仕切り直すように「あの」ともう一度告げて、そして拳を握りしめる。

「お、俺……本当は一人で宣伝に行くんじゃなくて、みんなと一緒にお店のことやりたかった」

声が少し震えてしまったが、どうにか続ける。

「文化祭の準備も、もっと手伝いたかった。役立たずかもしれないけど、でも、みんなと一緒がいい」

言葉の合間に、ごく、と喉が鳴る。恥ずかしい、何を言っているんだって思われているかもしれない。

「せっかく髪とか、顔とか、良くしてもらったのにこんなこと言ってごめんなさい」

俺はそこで、源さんや白石さんたちに向かって頭を下げる。

彼女たちがクラスのことを思って準備してくれたのはわかっていたからだ。

でも、それでも……。

「けど、でも、みんなと一緒に文化祭を頑張りたかったから。今からでも、頑張りたいから」

俺はそこまで話してから、は、と詰めていた息を吐いた。まとまらないけど、これ以上上手には話せる気がしなかった。

一瞬教室が、しん……と静まり返る。

山本くんも、白石さんも、源さんだって、みんな何も言わなくて。教室の外にある文化祭の喧騒も、なんだか遠くなって……。

やっぱり俺が喋るべきじゃなかったのかもしれない。と、後悔の念がじわりと胸の中に浮かんだ、その次の瞬間。

「ヌカち〜〜っ！」

わっ！と周りを囲んだみんなに押しつぶされるように抱きしめられて、俺は「えっ、えっ？」と首を巡らせる。

「ヌカち、そんなこと思ってたの？　ごめん、ごめんねっ」

「えーん、ヌカち〜！」

「ヌカち、めっちゃいい子じゃん！」

みんなが口々に「ヌカち」「ヌカち」と言うから、すべての話は聞き取れない。

が、どうやら怒っているわけでも、引いているわけでもないらしい。

「あの、怒ってない？」

勝手なことを言ってしまった自覚はあったので、おそるおそるそう問うと、目の前にいた白石さんが眉根を寄せて首を振った。

「怒るわけないじゃん。ヌカちの見た目とか、キャラとかで、勝手に色々決めつけてたのはこっちだし。ヌカち、ごめんね」

白石さんの言葉に、俺は思わず目を瞬かせてしまう。

「一緒にやろう、一緒に頑張ろう。ね、ヌカち」

そう言われて、目頭がきゅうっと熱くなって。俺は何度もまばたきしながら浮かんできた涙を逃す。

そして少しだけ視線を逸らすと、教室の入り口に寄りかかってこちらを見ている二宮くんと目が合った。

『よかったな』

二宮くんが、ぱくぱく、と音を出さずに唇を動かして、そう伝えてくれる。

そして、にこ、と笑った彼の笑顔に……胸が温かくなる。

（二宮くんの……）

「二宮くんのおかげだ」と、多分そう言ったら二宮くんは「俺じゃない。八重沼自身のおかげ」と言うだろう。だからその言葉は胸の中だけに仕舞って、俺は同じように笑顔を返した。ありがとう、という気持ちを込めて。

「ヌカち、お揃いがよかったんだな。俺の衣装着る？　多分サイズは…………うん、脚の長さ以外はいけると思う」

……と、山本くんが俺の頭から足の先まで視線で確認しながら話しかけてきた。その間がなんとも面白く、俺は思わず「えぇ？」と首を傾げながら吹き出してしまった。クラスのみんなも、俺と同じように、いや、俺以上に楽しそうに笑った。

みんなの笑い声を聞いたらますます楽しくなって、また笑ってしまって。そしたらみんなももっと笑って。笑いは伝染して、広がって……廊下を通っていた人や他のクラスに出入りしていた人も「なんだなんだ？」って感じで覗きにきて。

そして集まって来た人に、白石さんが「美味しいホットドッグいかがですか？」なんて声をかけて。それから……みんなで接客に励むことになった。

注目を集めたせいか、人が人を呼びどんどん客が増えていって。俺もいつの間にかウィンナーを茹でたり、会計作業をしたり、店員の一人として仕事を任されるようになっていった。自然と周りに溶け込めたことが嬉しくて、楽しくて、忙しさなんて全然苦にならなくて。俺は心から笑いながら、文化祭を楽しむことができた。

＊

「クラス出店部門、一位おめでとう」

「あ、ありがとう」

ぽこ、と紙パックのジュースがぶつかり合う間抜けな音がして、俺はふにゃりと笑ってしまった。

文化祭の出し物に関するそれぞれの賞の発表がされる後夜祭も無事に終わっ

た後。誰もいない夕暮れの……二年八組の教室（まだ西海岸のなごりがそこかしこに残っている）で、俺と二宮くんは床に並んで座って、小さな打ち上げを開いていた。

俺のクラスのホットドッグ屋は見事クラス出店部門で一位を獲得した。午前中の客入りもかなりよかったらしいが、午後は……それはもうすごかった。予定していた分のホットドッグは早々に売り切れてしまったので、最終的には陽気な西海岸ミュージックに合わせて踊るという即席クラブ……いや、コンセプトに合わせるなら往年の西海岸ディスコ（というのが正しいかどうかはわからないが）となって。それでもクラスのみんなが終始笑っているので、訪れた人たちも軽く踊ったり、写真を撮ったり、みんなつられるように笑顔になってくれて……とても楽しかった。

運動音痴の俺はもちろんダンスなんてできないけど、音楽にのってゆらゆら揺れているだけで「なんかクセになる動き」と褒められてしまった。

とにかく、そういった臨機応変な対応も認められて、俺たちのクラスは一位を獲得することができた。

「打ち上げ、行かなくてよかったのか？」

問われて、俺は素直に「うん」と頷く。

一位のお祝いもかねて、今日はカラオケで打ち上げ……らしいのだが、俺は参加を丁重に断った。今日はたくさんクラスのみんなと話せて、一緒に仕事ができて、楽しかった。けど、少しだけ疲れたのも事実だ。今日は楽しく文化祭をみんなで過ごせた、ということだけ大事に胸の中に抱えていたい。

（打ち上げはまたいつかの機会に参加できたらいいな）

一気に、ではなく、一歩一歩、少しずつみんなと馴染めていけたらいいな、と思う。いずれにせよ、今日の一歩は大いなる一歩だ。

「あ……でも、文化祭一緒に回ろうって言ってたのに、ごめんね」

しかしそうやって忙しくしていたせいで、二宮くんと一緒に文化祭を回る時間がなくなってしまった。

教室まで送ってもらった後、ふと気付いたら二宮くんはもういなくなっていて……。メッセージアプリには『俺も昼からクラス展示頑張るから、お互い頑張ろ。後夜祭後に打ち上げしよう』というメッセージとグッとサムズアップした犬のスタンプが届いていて……。俺は申し訳なく思いながらも、後ろから「ヌカち、お客さん！」という声をかけられて、結局『了解。ありがとう』というメッセージしか返せなかった。

しょぼ、と肩を落として謝る俺に、二宮くんは「全然いい」と笑ってくれた。

「俺、そんなんで文句言う狭量《きょうりょう》な恋人じゃないよ」

頷いた後、言葉の中にあった「恋人」という単語に反応して、思い切り顔を上げてしまった。

「うん……え？」

「……さらっと言ったつもりなんだけど、引っかかった？」

視線を上げた先には、笑顔の二宮くんがいた。夕日に照らされているせいだと思っていたその頬の赤みは、もしかすると内側から染まっているのかもしれない。

「あの……いや」

そうか。そう、お互いがお互いのことを「そういう意味」で好いているのであれば、そしてそれを確認し合っているのであれば、恋人という関係になることは何もおかしくない。

「うん、恋人。恋人……だよね？」

膝に顎を埋めながら確認するように問うと、二宮くんは「………」と無言で微笑んでから、数秒後に「あーあー」とうめいて撃沈した。

「ぜんっぜん格好つかない。ごめん、ほんとごめん」

かっこわりー、と言いながら、二宮くんは天を仰ぐ。俺は訳がわからないまま、ぽかん、とそんな彼を見つめることしかできない。

「十分、かっこいいと思うけど？」

クラスシャツの上にパーカーを羽織った二宮くんは、やっぱりおしゃれでかっこいい。文化祭後で少しくたびれた感じはするが、いつもはちゃんとセットされた髪が少しくしゃっとしているのが、なんというか、俺は好きだ。

三百六十度どこから見てもかっこいいと思うのだが……と顎を引いて二宮くんを見やる。と、二宮くんは緩く首を振った。

「かっこわるいの」

「そうなの？」

「そうなの。俺、本当はもっとスマートにかっこつけれるんだって。それなりにモテるし、他の子の前では……」

他の子、という言葉に思わず反応して、肩が跳ねてしまった。

他の子って誰だろう。

俺じゃない人の話だよな。

そりゃあ二宮くんはモテるだろうな。

いろんな言葉が頭の中に浮かぶ。けど、そんなこと言われても二宮くんだって困るだろう。俺は誤魔化すように「うん」と曖昧に頷いた。

すると、言葉を切った二宮くんが「あ」という顔をして、少し気まずそうに頭を下げる。

「ごめん。そうじゃなくて。ただ、もう、あぁ……八重沼の前だとなんっにも格好つけられない」

「そんな……」

二宮くんは少し困ったような、下がり眉を見せて笑った。

「俺、八重沼の前だと、普通の男の子になっちゃう」

いたずらな……けど、心底参ったという顔でそんなことを言うから。俺は返事に困って、そして同じように笑った。

「俺も、俺だって、二宮くんの前で格好なんてつけられないよ。なにしろ、出会った時も墨汁がついてたくらいだし」

精一杯のジョークのつもりでそう言うと、一瞬きょとんとした二宮くんが
「……はは っ」と口元を隠して笑った。

「なんだっけ、歯磨き粉がいいんだっけ?」

「そう。そういえばあのシャツ、ちゃんと真っ白になったよ」

そういえば言っていなかったかな、とシャツのその後を伝えると、二宮くん

はますます笑った。

しばしそうやって楽しそうに笑って、目尻に浮かんだ涙を拭って「はー」と溜め息をついて。それから二宮くんは「なぁ」と膝に片頬を預けて、真っ直ぐに俺を見る。

「俺、ほんと、こんな笑ったりしないんだ」

「ん？」

「こんなに笑うのも、かっこつけられないのも、髪の毛ぐしゃぐしゃになって走っちゃうのも、八重沼の前だけ」

「俺にだけ？」

こく、と頷いてから改めて問うと、二宮くんは「そう」と笑う。

「本当に、好きなんだ」

二宮くんの黒い目が、ゆっくりと細くなる。目尻に寄った小さな皺が、なんだか愛らしい。愛しい。

「俺、多分八重沼が思ってるほどいい奴じゃないし、かっこよくもないけど」

二宮くんはそこで一旦言葉を区切って、す、は、と短く深呼吸した。そして、俺の目と目をしっかりと合わせる。

「八重沼奏くん……俺と、付き合ってください。恋人になってください」

視線と同じく真っ直ぐなその言葉は、ふわふわと空気に漂うように優しく俺の耳に届いた。

「う、うん」

頷いて、そしてそれだけじゃ足りない気がして、俺は「うん」ともう二回頷いた。

「今年はできなかったけど、来年は一緒に文化祭回りたい」

「来年？」

「うん。今度は、恋人として」

友達以上、たった一人の特別になって。俺は来年の文化祭のことを想像して、そして楽しくなって笑った。

二宮くんも笑って、そしてもう一度手にしていた紙パックを俺の持っている紙パックにぶつける。

ぽこ、と間抜けな音がするのと同時。紙パックが触れ合うのに合わせるように、二宮くんの頭が少しだけ横に傾いた。そして、素早く近付いて……。

「キス、……していい？」

俺の唇の、すぐ側にある唇がそう問いかけてきた。

俺は驚いて、そして自分の心に嫌じゃないか聞いてみる。俺の心の中の俺は、俺に対して大きく腕で丸を作っていて。

俺もその意見に賛成だと、心の中の俺に笑い返して。そして「うん」と答えながら、自分から二宮くんに顔を寄せた。

二宮くんの薄い唇は想像よりふわりと柔らかくて、少しだけ温かい。肌の匂いがなんだか艶《つや》めかしくて、俺は恥ずかしくなって目を閉じる。

ちゅ、と軽い音を立てて、二宮くんの顔はあっさりと離れていった。多分時間にすれば一秒とか、二秒とか、それくらいの時間だったのだろう。目を開けても、教室の明るさも、夕日の角度も、何も変わっていない。

変わったのは、キスを知った俺の唇くらいだ。

「……あー……」

沈黙を破ったのは、二宮くんのうめき声だった。

「ん、二宮くん？」

何か嫌だったかと名前を呼ぶ、と、二宮くんは紙パックを持った手の、その甲を赤くなった頬に当てた。

「この、八重沼を好きすぎる気持ち、キスしたら落ち着くかと思ったら……」

「たら？」

「もっと好きになっただけだった」

あーぁ、普通にもっとキスしたいし、とぶつぶつ言いながら二宮くんはいよいよ両手の甲で頬を押さえるようにして目元を隠してしまう。

きょと、と目を丸くしてしまってから、俺は我慢できずに笑ってしまった。

「二宮くん、俺のこと、本当に好きなんだ」

「いや、もう、だから……好きなんだって」

諦めたように、恥ずかしそうにそう言う二宮くんが愛しい。

いつもほんの少し上にいて俺のことを掬い上げてくれると思っていた二宮くんという存在が、俺の前でうずくまっている。

俺は面白くて、嬉しくて、そんな二宮くんの肩に自分の肩をぶつけた。

胸がぱんぱんに膨らんだようなこの気持ちが、どこまでも大きくなっていくこの気持ちが、きっと恋というものなんだろう。

「俺も好きだよ。好き。大好き」

特別になりたいけどなれないと、切なく思うのも恋で。こんな、押し付けても飛び出してきそうな思いもまた恋なんだ。そうか、そうなんだ。

新しい発見が嬉しくて、俺はその気持ちのままに二宮くんに好きを伝える。

二宮くんは赤い顔をしながら「もしかしてからかってない？」なんて言って、俺と同じように肩に肩を預けるように体を傾け力を抜いてきた。

互いに寄りかかりながら、俺たちは夕暮れの教室でくすくすと笑い続けた。

ジュースを飲んで、文化祭の話をして、今度遊ぶ話や、もうすぐ出来上がる梅干しのことも話して。時々短いキスをしながら。
そうやって、ずっと、暗くなるまでずっと、隣に並んで話し続けた。

十五　それからの二人

「いらっしゃい」

「お邪魔します」

玄関先でぺこりと頭を下げ合って、俺は二宮くんを部屋の中に案内する。

「お祖母さんは？」

「お友達とお出かけ。パフェ食べに行くんだって」

「え、いいな。帰ってきたら感想聞こう」

くすくすと笑い合いながら二人で廊下を歩く。床からひやりとした冷気が伝わってくる。季節はもうすっかり冬だ。

「二宮くん、冬休みとか、年末年始の予定は？」

「ん？　特にないよ。たまに友達と遊んで……あとは、冬期講習に通うくらいかな」

「そっか。もう三年生になるもんね」

来年は俺たちも三年生だ。いよいよ受験の年、俺も冬期講習の受講を考えた方がいいだろうか。

「八重沼は？」

「ん？　あ、俺も、クラスのみんなでボーリング行こうって」

「お、まじか」

よかったな、と微笑んでくれる二宮くんの笑顔が眩しい。俺は照れてしまって「うん」とだけ短く頷いた。

文化祭以降、クラスメイトとの距離が少し近付いた……と思う。クラスでも山本くん以外に気軽に声をかけてくれる人も増えたし、俺も「うん」だけじゃなくてちゃんと話せるようになってきた。ボーリングはもちろん下手だろうけど、「ヌカちもいこ」と気軽に誘ってくれたのが嬉しかった。

「でも、俺とも遊んでな」

二宮くんに報告できたことが嬉しくてにこにこ笑っていると、俺の顔を覗き込んだ二宮くんがそんなことを言った。ちら、と視線を向けると、少し拗ねたように唇を尖らせている。

「もちろん」

「ん――……なんか俺すんごい焼きもち妬きみたいじゃない？……あ、こたつ！」

部屋に通すと、ぶつぶつと何事か呟いていた二宮くんが嬉しそうな声をあげた。

俺の部屋は畳の和室で、真ん中には小さなこたつが設置してある。つい先週出したばかりで、二宮くんに披露するのは初めてだ。

「うわ～、え、入っていい？」

「いいよ、もちろん」

どうぞどうぞと勧めると、二宮くんは家に入る時と同様に「お邪魔します」と律儀に、しかし嬉しそうに座ってこたつの中に脚を入れる。

「っはぁ〜……あったかぁ」

「よかった」

ばあちゃんの家は昔ながらの日本家屋で、風通しがいい代わりに冬はどこからか外の冷気が入り込んでくる。暖房もあるにはあるが、俺はこたつのじんわりとした暖かさが好きだ。二宮くんもまるで猫のように背を丸めてぬくぬくと顔をとろけさせている。どうやら気持ちがいいらしい。

「八重沼は？　年末年始はご両親も帰ってくるの？」

「いや……俺が両親のところへ行くはずだったんだけど」

去年はそうやって、俺が両親のいる海外へと向かった。けど、父は仕事の仲間と、母は現地の婦人会で、それぞれ集まりに出かけたり夫婦でイベントに参加したりと忙しそうで、俺は見知らぬ国のだだっ広い家にぽつんと一人きりだった。両親は、俺がどんな学生生活を送っているかもあまり興味がないようで（まぁ、語れるような賑やかで楽しい生活は送っていなかったが）、ただ、どの大学に進学するかだけはやたらと確認された。

「でも、今年は断っちゃった」

両親に「来なさい」と言われて断ることは、今まで一度もなかった。けど、俺は先日初めて両親に「年末年始は日本で過ごしたいから、そっちには行きたくない」と伝えた。

両親は「あらそう」と軽い返事を寄越しただけで、怒られも、残念がられもしなかった。なんだか拍子抜けした気分だったけど、同時に、少しだけすっきりした。

「そうなんだ」

「うん」

二宮くんには、ちょっとずつ両親のことを話している。俺にあまり興味がないこと。小さい頃からばあちゃんといる時間の方が多かったこと。俺が、少しだけ両親が苦手なこと。

俺のそんな話を、二宮くんは「そっか」と聞いてくれる。否定することなく、熱心にアドバイスをくれることもなく。ただ、ちゃんと聞いてくれる。

（二宮くんがいたから）

　多分だけど、俺は二宮くんがいてくれたから、両親の誘いを断ることができたと思う。

　二宮くんは俺のことを否定しない。だから俺は「このままの俺でいいんだ」って思える。

　変な話だけど、二宮くんのことを少しだけ「ばあちゃんに似てるな」なんて思ってしまうこともある。生命力に溢れていて、太陽みたいで、ただありのままに受け止めてくれる。そんなところがそっくりだ。いや……もちろん、二宮くんに「二宮くんて、ばあちゃんに似てる」なんてことは言えないけど。

「だから今年はばあちゃんとおせち作るんだ。よかったら食べに来てね」

　そう言うと、二宮くんは「まじ？　やった。嬉しい」と本当に嬉しそうな笑顔を見せてくれた。

「もしかして餅つきとかもする？」

　どこかわくわくとした表情で問われて、俺は「うん」と頷く。

「杵《きね》じゃなくて機械でするけど、餅つきするよ。一緒にする？」

「お、いいの？　やった！」

予想以上にいい返事が返ってきて、思わず笑ってしまう。どうやら二宮くんはお餅が好きらしい。

「あんことか持ってきてもいい？」

「いいよ。きなこは手作りするし、納豆と……海苔もあるといいよね」

「俺毎年ハムとチーズ挟んで焼いて食べるんだよ。家族には『邪道』って言われるんだけどさ。八重沼、一緒に食べようよ」

「いいね、美味しそう」

二人で、あれを挟もう、これをしよう、この味はどうだ、なんて話をしてひとしきり盛り上がる。

……と、こたつの中に入れた足の先に、つん、と何かが触れた。何かというか、二宮くんの足だ。

狭かったかな、と足先を逃す。と、さらに追いかけるようにするりと脚に脚が絡まった。

「……もしかして、わざと？」

「もしかしなくてもわざとなんですけど」

こたつの天板に顎をのせて、二宮くんが笑っている。

少年のようなあどけない笑顔、けどどこか熱を孕んだ大人っぽい視線。俺は少しだけ困って、恥ずかしくなって、視線を逸らしながら「うん、そっか」とまばたきを増やした。

「隣、行っていい？」

「いい……いいけど」

言い終える前に、二宮くんがするりと俺の隣に滑り込んできた。そしてぴとりと肩に肩を寄せてくる。こたつの熱とは種類の違う熱が伝わってきて、じわ、と首筋が熱くなる。

「やーえぬま」

機嫌良く名前を呼ばれる。声の振動が体から伝わってきて、俺はまたドキドキとしてしまう。もう付き合って三ヶ月も経つのに、いまだに慣れない。

「こないだ、体大丈夫だった？」

低く艶っぽい声で問われて、びくっと面白いほどに体が跳ねてしまう。二宮くんが「わ」と驚いたような声を出した後、楽しそうに笑って、俺の後ろに回って脚で挟みこんで、その体でもってぎゅっと俺を包み込む。

「や、大丈夫、大丈夫だった」

「そ？　よかった」

ずるずると下に下がると、頭の上に二宮くんの顎がのる。まるでぬいぐるみのように抱きしめられて、どんどん、どんどん顔が熱くなる。

——先週。俺は二宮くんと初めて体を繋げた。多分そう、一般的にいう性行為的なあれだ。

それまでにキスをしたり、体に触れ合ったりを繰り返して。順番に色々こなして、徐々に、徐々に……。

はっきり言って俺は性的な知識が乏しい。上に、多分性欲的なものが少ない

（自慰をほとんどしたことがない、と二宮くんに言ったら、すごく驚いていた）

ので、そういう行為のやり方はまったく知らなくて。ほとんど二宮くんに教わる形になってしまった。

二宮くんは、とても丁寧に俺に触れてくれた。キスをすること、体に触れること、服を脱がすこと、肌を合わせること。そのすべてを言葉で教えてくれて、そして全部に許可を取ってくれた。俺が少しでも「いや」と言えば身を引いてくれて。大丈夫になるまでどのくらいでも待ってくれた。

『俺、八重沼に嫌われたくないよ。嫌なことはしたくない、絶対』

そう言って、二宮くんはまるで宝物みたいに俺を扱って……だから俺も安心してちょっとずつ身を任せて……。そして先週、自分の体の中に二宮くんを受け入れるということを果たした。

二宮くんが懇切丁寧に準備してくれたから痛みはなかったのだが、なんというか……多分、気持ちよくて。多分初めての時にそういう風になるのは、あまりないんじゃないだろうか。あんなに気持ちいいこと初めてで、俺は何度も『怖い』と言ってしまった。『気持ちよすぎて、怖いよ』と、泣きながら。でもそれを聞いた二宮くんは、なんというかとびきり嬉しそうに笑って、頬を赤くして、それでぎらついた目を向けてきて。怖いけど、なんだか背中はぞくぞくするし、恥ずかしいし、でも気持ちいいし。なんだかもう、嵐の海に浮かぶ小舟のような気持ちだった。つまり、もみくちゃのめちゃくちゃだ。

二宮くんの『きもちいい？　ほんと？　ねぇ八重沼、きもちいいの？』という熱い吐息まじりの問いに、『うん』と答えるので精一杯だった。二宮くんは俺が頷くたびに嬉しそうにして、なんだか動きが激しくなるというか……いや、まぁ、とにかく嬉しそうだった。

何にしても、受け入れる側（タチとか、ネコという役割名でいうと、ネコ……らしい。動物の猫じゃない）が俺でよかった、とは思った。どちらが挿れて、どちらが受け入れるかは行為の前に決めたのだが、俺は自分から受け入れる側を志願した。初心者の俺が、二宮くんをどうこうできるイメージがまったく湧かなかったから、という理由が大きい。

でも、俺と触れ合う二宮くんは嬉しそうで、とても嬉しそうで。俺はなんだか本当に素直に「よかった」と思えた。これから付き合っていく上で、どのくらいこういうことをしていくのかわからないけど、この先もずっと二宮くんを受け入れていけたらいいな、なんて……。なんだか恥ずかしくて、二宮くんには言えていないけど。

「い、痛くないし、もう、大丈夫」

というわけで、体は大丈夫だ。むしろ行為のことを思い出して……二宮くんの汗ばんだ顔とか、逞しい背中とか、俺の脚を抱え上げた力強さとか、肌を触れ合わせてキスをする心地よさとか、腰を掴まれて揺さぶられる気持ちよさとか……そういうのを思い出して、その……珍しく自慰なんてしてしまったくらいだ。健康そのものだろう。

「八重沼、先週のこと思い出したりした？」

「えっ」

思考を読まれたのかと思って背中に冷や汗が浮く。が、二宮くんは別にエスパーでもない（たぶん、きっと）ので、俺の答えを待つでもなく「俺はさ」と続けた。

「何回も思い出したよ」

鼻先を髪の中に埋められたまま、すん、と匂いを嗅ぐように鳴らされて。俺は「うん」と曖昧に返事をする。だって、もう、それ以外になんと答えたらいいのかわからない。

心臓がドッ、ドッとすごい速さで鳴っている。密着している体越しに聞こえてるんじゃないだろうかというほどに、激しく。

「八重沼」

ちゅう、と首筋を吸うようなキスを落とされて、そわ……と腰が動いてしまう。

「なぁ、八重沼。俺おかしいかな。八重沼のことばっか考えちゃうよ」

「お……」

俺も、と返しかけて、咄嗟に唇を引き結ぶ。それを答えると、なんだか腹に回った手が、腰のあたりを優しく撫でるその手が、服の中に入ってきそうな気がしたからだ。

「お？」

ちゅ、ちゅ、と何度も首にキスをされながら先を促されて。俺は「お、お」と何度も繰り返してから……。

「お、餅は、何個くらい食べる人、ですか？　二宮くんは……」

と、この上なくとんちんかんなことを言ってしまった。さすがにこれは……と思ったのと同時に、頭の上で「ぶふっ」と破裂音のような笑い声があがる。

「お餅は大きさにもよりますが、四つほど食べます」

「な、なるほど」

かーっ、と顔を赤くしながらもにょもにょと答えて頷いて。そして俺は腹に回った二宮くんの腕を、ぺし、と力なく叩いた。

「……じゃなくて、その、俺も一緒」

「ん？」

「俺も二宮くんのこと、考えてる、よく……いつも」

消え入るような声で伝えると、二宮くんが……ぎゅうっと力いっぱい俺を抱きしめた。

「うぐ、に、二宮くん」

「八重沼〜、も〜〜、沼すぎる」

もう、もう、もう、と何回も言われて、すりすり、ぐりぐり、と頭に頬を擦り付けられて。

「大好きだよ、八重沼。本当に」

シュートを決めるように真っ直ぐな言葉が飛んできて、俺は運動音痴ながらどうにかそれを受け止める。手の中で何回も跳ねさせて、落としかけて、それでもわたわたと拾って抱きしめて。

「俺も、俺も大好きだ」

最近、元気がない時に思い浮かべるのは、漬物でも糠床でもなく、二宮くんの笑顔だ。

二宮くんは「俺、そんな立派なものじゃないよ」とよく言うが、俺にとってはなにより勇気と元気をくれるものなのだ。ぴかぴかの笑顔を思うだけで、俺も笑顔になれる。

「あ」

と、そこまで考えてから俺は「そうだ」と身を起こす。

「この間漬物石を運んでもらった白菜の漬け物、あれ出来上がったから一緒に食べよう」

そう。先日遊びに来てくれた時に、漬け物作りを手伝ってもらったのだ。漬物器を使えば楽なのだが、うちではいまだに石を使って漬けている。二宮くんは重たいその石の上げ下げを手伝ってくれた。手伝ってもらったからには、出来上がったそれを食べてもらわなければ申し訳ない。

ね、と二宮くんを振り返る。と、二宮くんは……なんともいえない顔をしていた。困ったような、呆れたような、けどどこか楽しそうな、そんな顔。

「二宮くん？」

どうかした、と首を傾げると、二宮くんは「ん――……」と口を閉じたまま微笑んだ。

「いや、好きだな〜って思っただけ」

「白菜漬けが？」

そんなに嬉しかったのだろうかと首を傾げると、二宮くんが思い切り口を開けて「ははは」と笑った。そして、ガバッと腕を広げて……。

「漬け物も、それを漬ける八重沼も、……どっちも！」

どっちも、の声に被さるように、二宮くんが再び俺を抱きしめる。

がっつりと首のあたりに回ってきた腕に「うぐ」と濁った声を漏らしながら、俺もまた笑ってしまった。二人して笑って、転げて、こたつの脚にぶつかって「いてっ！」なんて言いながら。狭いこたつのなかに男二人でぎゅうぎゅうと重なって。

二宮くんの、その腕のぬくぬくとした温もりが本当に気持ちよくて、「暖房よりこたつ、こたつより二宮くんの温もりが好き、かも」なんて考えて。そんな自分の思考が面白くて笑ってしまう。

「なに、八重沼。猫みたいに笑って」

ふくふくと笑っていると、二宮くんがそれこそ猫をあやすように俺の顎をするりと撫でる。

「んー……うん」

俺はこたつに懐く猫のように二宮くんの指に頬を擦り寄せて、ゆったりと目を閉じた。

終

番外編

番外編　幸福な朝食

「あけましておめでとう」

「今年もよろしくお願いします」

玄関先で二人で深々と頭を下げて、しめし合わせたように同時に顔をあげて、そして「ふ」と微笑み合う。いつも気軽にタメ口で話しているから、かしこまった口調が妙に面白かったのだ。

照れともなんともつかない感情でふにゃふにゃ笑っていると、二宮くんが「これ、うちの親から」と紙袋を差し出してきた。

「年始早々お泊まりなんてすみません、って」

「わぁ、そんな律儀に……ありがとう」

紙袋に印字されたロゴは、俺でも知っている有名な和菓子店のものだ。ここの菓子はばあちゃんも大好きだ。きっと見たら喜ぶだろう。

「あと、梅干しもありがとうございました、って」

「あ、お口にあったかな」

「すげぇ喜んで食べてたよ。手作りの梅干しをいただくなんて久しぶりだって」

前回二宮くんの家に遊びに行った時に手土産として梅干しの瓶詰めを渡したのだ。どうやら喜んでくれたらしく、俺は「ほ」と息を吐く。

「八重沼に会いたいって言ってた。今度また遊びにおいでって」

「うん」

「けど、今度は母さんたちがいない時にしよ」

二宮くんのお母さんは、二宮くんに似てとても明るくて社交的だった。初めて会った俺にも気さくに話しかけてくれて……二宮くんが「もー、質問責めはやめろって」と間に入ってくれたほどだ。ちなみに、途中で帰ってきた二宮くんの妹さん（中学三年生の、二宮くんに似た明るく可愛らしい子だった）もこれまた社交的で、俺にたくさん話しかけてくれた。

最終的に、お母さんと妹さんにがっちりと挟まれた俺を見かねた二宮くんが、俺を連れて自室に籠城《ろうじょう》するまでに至ったが。俺はそれも含めて楽しかった。

「え、二宮くんのお母さんにも、彩音《あやね》ちゃんにも会いたいな」

彩音ちゃん、というのは二宮くんの妹さんの名前だ。

首を傾げるようにしてねだると、二宮くんは「んー」と困ったように唸った。

「家族と仲良くしてくれるのは嬉しいけど」

「けど？」

低い声に、何か良くなかっただろうか……と少しだけ心がざわざわする。が、二宮くんはそんな俺の方をちらりと見て、む、と唇を尖らせる。

「なんか、取られたみたいでイヤ」

「え」

「八重沼は俺の恋人なのに、って気持ちになる」

拗ねたような……というか、完璧に拗ねた物言いに、俺は何も言えなくなる。

「まぁ、ただの焼きもち」

言葉に詰まった俺に、二宮くんがさらりと解説してくれる。そんな気はしていたが、本当に「焼きもち」から出た言葉ということを知って、俺はもじもじと足先を動かすことしかできない。

「だからってわけじゃないけど、今日と明日、楽しみにしてた」

二宮くんはそう言いながら「お邪魔します」と行儀よく三和土《たたき》に上がる。そして俺の横に立つと、耳のそばに唇を寄せるように顔を傾けた。

「八重沼のこと、独り占めできるから」

吐息のような言葉に耳朶《じだ》をくすぐられて、俺は思わず耳を隠すように手を当てる。と、二宮くんがどこか満足気に、に、と笑った。

「八重沼、耳真っ赤」

からかうような二宮くんの言葉に何か言い返そうと顔を上げる。が、とろけるような笑みにぶつかって俺は「う」と言葉に詰まる羽目になってしまった。

少しつり目気味の目を、きゅ、と細めるその笑顔。それはさすがにずるい。ずるすぎる。

「俺だって楽しみにしてたよ、ずっと」

せめても意趣返し《いしゅがえ》になるように、平気な顔でそう言い返したつもりだったが、最後の「と」の時に少し声が裏返ってしまった。

＊

一月四日。まだ三が日が明けたばかりではあるが、ばあちゃんは一泊二日の旅行に行ってしまった。最近腰を痛めたというカフェ巡りの友達と、有名な温泉地に湯治《とうじ》に行くのだという。

ばあちゃんの行動力は好きだし、俺は快く「いってらっしゃい」と送り出した。その際「ばあちゃんが留守の間に、二宮くんに泊まりに来てもらってもいい？」と尋ねると「はいはい、二人で相談して好きにおし」と笑顔で返された。

ばあちゃんは、俺が二宮くんと仲良くすると嬉しそうな顔をする。これまで友達の気配もなかった俺が、二宮くんのことは嬉々として家に招待するので、喜んでいるのだろう。

友達じゃなくて恋人、と打ち明けられないことに多少の罪悪感は覚えるが……それはまたおいおい考えていきたい。二宮くんと、ちゃんと相談しながら。

まぁそれはそれとして。つまり俺たちはひと晩二人で過ごす機会を得たわけだ。元々ばあちゃんが旅行に行っても行かなくても冬休み中に会いたいと思っていたので、好都合だった。

おせちはもうあらかた食べ終えていたが、日持ちする田作《たづくり》や黒豆、紅白なますなどを振る舞った。二宮くんはどれも「美味しい」と丁寧に感想を伝えながら食べてくれて、なんというか……胸がほこほこした。年末についた餅（二宮くんも餅つきの時手伝ってくれた）を焼いて食べて、こたつでぬくぬくして。二人でごろごろしたり、ちゃんと勉強もして。気が付いたらあっという間に夜になってしまった。

「ごめんね」

「ん?」

豆電球だけがついた薄暗闇の中。小さな俺の謝罪に、二宮くんはすぐに反応してくれた。

「いや。なんかもっと出かけたり、楽しいことすればよかったかなって」

尻すぼみに、謝った理由を伝える。と、隣の布団に入っていた二宮くんが体を起こす気配がした。

「え? 俺、めちゃくちゃ楽しかったけど、八重沼は違った?」

思いのほか明るい声音《こわね》でそう問われて、俺は目を瞬かせる。

「いや……楽し、かった」

改めて今日一日を思い返してみたが、どこをどう切り取っても楽しかった。こたつに入って漬物をつまみにお茶を飲むのも、餅つきの思い出を話しながら餅を食べるのも、ちょっと遅くなったけど明日は二人で初詣に行こうと話すのも。風呂上がりにこたつでアイスを食べるのも。全部、全部、楽しかった。

楽しかったことを思い出しながら「うん、楽しかった」ともう一度繰り返す。

と、二宮くんがホッとしたように息を吐いた。

「あーよかった。楽しかったの俺だけかと思って、ちょっと焦った」

「あ、ごめん」

そういえば、さっきの言い方だとそう受け取られても仕方ない。慌てて謝ると、二宮くんはあまり気にした様子もなく「いいけど」と笑った。

「世間がどうだとか、みんながこうだからとか、さ。俺、八重沼といると、そういうのがどうでもよくなるんだ」

「ん？」

ひと呼吸置いて紡がれた二宮くんの声は、冬の夜のように静かだった。

「周りからどう見えるか、じゃなくて、自分がどう感じるかっていうのを優先したくなる」

使われている単語は決して難しいものではないが、俺はその意味を理解するために、何度も二宮くんの言葉を心の中で繰り返す。

「それは、つまり。俺といると楽しいってことで……あってる？」

結局自信が持てないまま、確認するように問うてみる。と、二宮くんは気が抜けたように「はは」と柔らかく笑った。

「ん、あってる」

優しく肯定してくれた二宮くんは、それから「な、そっちいっていい？」と顔を俺へと向けてきた。

「はい、どうぞ」

布団を持ち上げて場所を空けると、二宮くんは嬉しそうにその中に潜り込んできた。二宮くんの背中を覆うようにギュッと布団を被せる。

「あー……ぬくい」

二宮くんの体は少しだけ冷えていて、俺はそれを包み込むように腕を回した。

「寒い？　ヒーターつけようか」

俺の部屋にはエアコンはなく、ヒーターとこたつがあるだけだ。寝る時はどちらも切ってしまうので、少々寒かったかもしれない。

「いや、このまま」

二宮くんはそう言うと、さらに俺に体を寄せてきた。二宮くんの、元スポーツマンらしい引き締まった筋肉を感じる脚が俺の脚に絡む。お互いに着ている寝巻き代わりのスウェットが、ごそ、と衣擦《きぬず》れの音を立てた。

服越しに感じる熱に何故かドキドキしてしまって。俺は二宮くんから少し距離を取るように、二人の体の隙間に手を入れる。ぐ、と二宮くんの体を押しながら下がろうとしたが、どうしてだか離れない。逆に、それよりも強い力で抱きしめられてしまった。

ふいに、首筋に二宮くんの鼻先が触れて、そのひやりとした感触に「ん」と声を漏らしてしまう。

「冷たかった？」

「ううん、大丈……ぶっ？」

今度は唇が首筋に触れた。触れたというか、ちゅ、と吸われた。驚いて二宮くんの方に顔を向けると、彼もまた俺を見ていた。その目がいたずらに細められているのが、薄闇の中でもわかる。

「あの……」

「ごめん」

行動の真意を問う前に、耳元に謝罪が届く。

「今日、二人きりだから。期待してた」

こういうこと、ともう一度首筋にキスが落ちてくる。それはするすると肌を辿って、頬に辿り着いた。ちゅ、と軽く触れたそれは鼻先よりだいぶ温かくて、俺の頬も同じくらい熱を持つ。

「引いた？　ごめん」

なんて言おうかと口を開くけど、言葉が出てこない。少しだけ速めの呼吸を繰り返していると、少し不安そうに二宮くんが問うてきた。そして、抱きしめられていた体がわずかに離れる。

「いや、その」

俺は咄嗟に、離れる二宮くんの服の裾を掴んだ。きゅ、と引っ張ると、二宮くんが「八重沼？」と優しく名前を呼んでくれた。

「俺も」

俺もそういうことするかもな、って思ってた。教えてもらった「準備」も風呂でしてきた。引いたりなんてしない。むしろ……。

「俺も……」

ちゃんと言葉にしたいのに、それらは口の中でふにゃふにゃと形にならないまま、溶けていく。

ただ裾を掴んで、俺も、と繰り返す俺をどう思ったのか、二宮くんが俺の方へ顔を落としてきた。額と額をすり合わせるようにくっつけて「俺も？」と言葉の先を促して。

俺は「うー」と犬のように唸って、もごもごと口を動かした。

「あの……なんて言えばいい？　こんな時」

いよいよ困ってしまって、俺は鼻をぶつけるような距離で二宮くんに縋ってしまった。

俺の必死さが伝わったのか、一瞬目を丸くした二宮くんが「ふ」と吹き出した。その吐息で俺の前髪がひらりと持ち上がる。

「もうさぁ、可愛すぎるって」

むき出しになった俺の額に、二宮くんが伸び上がるようにキスをした。ちゅ、ちゅ、ちゅ、と鳥がついばむように何度も、何度も。

その勢いのまま、唇にもキスが降ってきた。

「ん」

少しだけ唇を開くと、下唇を甘噛みされる。はみはみと何度か柔く噛まれて、緩んだ歯列の隙間から熱い舌が潜り込んできた。

「う、う」

温かくて柔いそれを傷付けないように、俺はもう少し口を開く。と、奥に逃げようとした舌を絡め取られた。

少し強く、じゅ、と舌先を吸われるが、痛みはない。どちらかというと甘く痺れるような……なんともいえない感覚が背中を撫でていく。

「んー……、ん、のみや、くん」

思い切り舌を吸われた後、また柔らかく舌と舌が絡んで。そんなキスの合間に名前を呼ぶと、二宮くんが「ん？」と口を離して俺の顔を窺うように首を傾げた。

暗闇の中、てら、と光る唇が艶っぽい。たぶんこういうのを「色気がある」というのだろう。髪をかき上げる、その意外とゴツゴツとした指が、指の隙間を流れる黒髪が、少し伏せられた目が、そのどれもが。見ているだけで胸がかき乱される。

「寒いの、少しだけ我慢できる？」

問われて、あぁ服を脱がねばならないんだ、ということを思い出す。そして、自分がいまだに二宮くんの服の裾をつまんでいたことに気付き「あ」とそれを離す。

……と、二宮くんが色気たっぷりの顔をくしゃりと緩めた。

「やっぱ、可愛い。八重沼、たまらなく可愛いよ」

さっきまで大人の顔をしていたのに、急に少年のような顔をしていたずらに笑うから。俺は返事に困って肩をすくめるしかない。

「あの……」

「ん？」

「せめて、ひ、ヒーターつけようか」

ふ、ふ、と笑う二宮くんにどうにか上手いこと言おうと思ったけど、叶わず。

俺は情けなくそんなことを言って、二宮くんを見上げた。

もちろんというかなんというか、やっぱり二宮くんは盛大に笑ってくれて。

それから、自ら立ち上がってヒーターのスイッチを押してくれた。

＊

「あ、ん」

少し高い声が出てしまって、恥ずかしさから下唇を噛む。が、またすぐ口が開いて「あ、あ」と声が漏れてしまった。

それでも必死で口を引き結んで、んん、と声を我慢する。

「八重沼、それダメ」

と、二宮くんが覆いかぶさるようにして噛み締めた唇に手を添えてきた。

「唇、怪我しちゃうから」

こんな時なのに優しくそんなことを言う二宮くんに「ん」と頷いて返すと、よし、と笑った彼は俺の膝を抱えるように持ち上げた。

「あっ、あぁ」

二宮くんは、俺の開いた両脚の間に陣取っている。そのまま、ぐ、と腰を進められると、身の内に収まった彼のものが生々しく感じ取れて。俺は泣きたい気持ちで眉尻を下げて「くぅ」と犬のように鼻を鳴らしてしまった。

「八重沼、ふ、きつくない？」

荒い息の合間にそう問われて、俺はこくこくと頷いてみせた。口を開いたらまた、とんでもないことを口走ってしまう気がしたからだ。

二宮くんは行為に至る前に、俺の体を丁寧に解《ほぐ》してくれた。

二人とも上を着たまま下だけ脱いで、ちょっと間抜けな格好だが、寒いから仕方ない。

なんだか「やること」だけのためのようなその格好がちょっと恥ずかしくて、素直にそれを二宮くんに伝えたら、彼は楽しそうに笑っていた。

「いいじゃん。だって、そのためだもん」

そう言って「寒くないように」と布団まで被って、俺たちはその中で何度もキスして、体をくっつけて、息を荒くして、そして繋がった。

二宮くんと体を繋げるのは、今日で二回目だ。十二月の初めに一回、それ以降はキスまで。だからこういう行為はおよそ一ヶ月ぶり。二宮くんは「ずっと、こうしたかった」と何度も俺のこめかみや頬や、いろんなところにキスしてくれた。

俺も、とはやっぱり言えなかったので、何も言わないままキスだけ返した。

二回目の挿入は、その……とても気持ちよかった。一回目も、初めてにしてはかなり感じ入ってしまったと思うが、今日はさらに、だ。暗闇は恥というストッパーをどこかへ追いやってしまうらしい。俺はさっきから声が抑えられなくて、四苦八苦していた。

しかも抑えようとすると二宮くんが「ちゃんと声、出して。今日は周りを気にしなくていいでしょ」と言ってくるのだ。たしかに今日、今、この部屋には俺たち二人だけだし、誰か帰ってくるかもなんて心配しなくてもいい。

（けど、だけど）

「あっ、あ、ん、……き、もちぃ」

けど、こんなに気持ちよくなってしまうのは、なんだか、とても恥ずかしい。

俺は二宮くんの腰に脚を巻き付けようとして……どうにか堪えて、彼の服の裾だけギュッと強く掴んでおく。

「ん……、八重沼？」

緩く腰を揺らしていた二宮くんが、どこか困ったように俺を見下ろしてくる。

そう、この、すべてをさらけ出すような体勢も恥ずかしいのだ。二宮くんは体を起こしているのに、俺だけ寝転がって、仰向けになって、表情を隠せなくて。

「う、うぅ」

恥ずかしさが限界値を突破してしまって。俺はもうどうしようもなくなって、両腕で自分の顔を隠した。

「え、なに、どうした？」

「あっ、やっ、……ひぁ！」

二宮くんが焦ったように前屈みになって、その動きのせいで腰がクッと持ち上がって。腹側にある「気持ちのいい場所」が二宮くんのそれで擦られて。俺の口から、押し出されるように甲高い声が漏れた。顔にのせた両腕でも隠しきれないその声は、間違いなく二宮くんの耳にも届いてしまったのだろう。彼はぴたりと動きを止めてしまった。

俺は、両目の上で交差させていた手を、自分の口の上に持ってくる。薄暗い部屋の中、驚いたような顔で俺を見下ろしている二宮くんが目に入って、じわじわと涙が浮かんでしまう。

「ごめ、おれ……気持ちよすぎて、おればっかり」

恥ずかしい、恥ずかしい、恥ずかしい。

涙ながらに言い訳するように謝る。二宮くんは俺の体を気遣ってくれているのに、俺のことばっかり気にしてくれるのに。なのに俺は、自分のことばっかりだ。一人で気持ちよくなって、喘《あえ》いで、恥ずかしい。

「ま、まだ二回目なのに、こんな、気持ちよくなって、ごめん」

袖口で口元を隠して、しゃくりあげるようにつっかえながら謝る。……と、それまでただじっと俺を見下ろしていた二宮くんが顔を歪めて「ぐぅ」と獣のように唸った。

「ごめん、ごめ……、あっ？」

体の中に埋まった二宮くんのそれが、明確に力を持ったのがわかって、俺は目を見開いて声を上げた。

「え、あ、にのみ……」

「せっかく優しくしようって、……どうにか我慢してんのにさぁ」

食いしばった歯の隙間から溢すようにそう言って、二宮くんが俺の膝裏を抱える。

「えっ、あっ？　……ん、あぁっ！」

次の瞬間、グッ、と下から強く突き上げられて、俺は背を反らすように仰け反った。もう、口元を押さえたって隠せないくらいの声が出てきてしまう、が、どうしようもない。

「八重沼さぁ、もう、あぁもうっ」

「あっ？　あ、えっ？　あっ！」

何度も強く突かれて、捏《こ》ねるように腰を揺らされて、俺はただもうその動きに翻弄されるままになる。

何が起こっているのかわからない。わからないけど、気持ちいい。どうしようもなく気持ちいい。泣きたいくらいに気持ちいい。

「優しくっ、できなくて、はっ……、ごめんな」

悔しそうな声に二宮くんを見上げる。と、彼もまた俺と同じくらい困ったような、戸惑った顔をしていた。自分を抑えられないのだと、その必死な顔が教えてくれる。

（あ、あぁ、そっか）

俺は口元にあった手をどうにか伸ばして、わずかに汗ばんだ二宮くんの顔に触れる。

二宮くんは顔を傾けて、すり、と俺の手に擦り付けてきた。そして、荒々しく何度も口付けて、たまに指を甘く噛んでくる。

「……の、みやくんも、はっ、気持ち、いいの？　んっ」

「あっ、たり前じゃんっ！」

震える声で問うと、間髪いれず切羽詰まった声で肯定されてしまった。

「気持ちよくて、やばい……っ」

絞り出すようにそう言って、二宮くんは俺の体を持ち上げるようにしてきつく抱きしめてくる。体勢がわずかに変わって、より深くまで二宮くんのそれが入ってきたのがわかって、俺はまた「ひぅ」と情けない声をあげてしまう。けど、さっきまでの恥ずかしさは……だいぶ薄れていた。

（だって、……だって、二宮くんも同じだから）

二宮くんもまた同じように気持ちよくて、でもそれを我慢してたりしたんだ。それがわかっただけで、心が軽くなる。思い切り気持ちよくなっていいんだって、なんだか解放されたような心地になる。

「二宮くん、んっ、あ、すき、……だいすき」

揺さぶられながら、今度は思い切り二宮くんの腰に脚を巻き付ける。そして肩にも腕を回して、もっともっと抱きしめて欲しいとねだる。

体の境目がなくなるくらいまでくっついて、キスして、ひとつになってしまいたい。そんな気持ちで。

「っあぁ～、もう」

唸った二宮くんは、俺の唇を丸ごと食《は》んでしまうかのように、かぷ、と噛みついて、吸って、舐めて、自分のものにしてくれた。

「俺も好きだから、大好きだから」

そう宣言した二宮くんは、俺の肩口に額を埋めながら「まじで、好きすぎて怖い」と言って、力強く抱きしめてくれた。

「ん、んん～っ、あ、だめ、いっちゃ……」

その温もりが嬉しくて、そして気持ちよさも相まって、俺は二宮くんにしがみついたまま我慢もできず達してしまう。

「俺も、八重沼、……っは、八重沼」

八重沼、八重沼、と何度も名を呼んで。二宮くんもまた俺を抱きしめたまま、ぐ、ぐ、と何度か腰を押し付けて……そして、俺の中にじわりと熱を溢した。

(好き、大好き。こんな気持ち、初めてなんだ)

なんだか体も、手も、瞼も重たくて。俺は唇を開くこともできないまま、ただ二宮くんに身を任せた。

そんなことをしても嫌われないと、嫌がられないとわかったからだ。

たしかに好かれているのだと、そんな小さな自信が胸の中に灯っていた。

＊

「体、大丈夫？　無理してない？」

「ん、大丈夫」

ちゃっ、ちゃっ、と卵をかき混ぜている後ろで、二宮くんがそわそわと行ったり来たりしている。そんなことをされても、邪魔だな、なんてまったく思えない。むしろ「かわいいな」なんて思ってしまうから、恋っていうのは不思議なものだ。

昨日はその……まぁ色々あって寝るのが遅くなってしまったが、それでも朝はいつも通り五時半には目が覚めた。

寝ている二宮くんを起こさないように洗濯を済ませて、顔を洗って朝の準備を済ませて。そして朝ご飯を作り始めたところで血相を変えた二宮くんが台所に飛び込んできた。「俺、すげぇ寝てて、ごめん！」と叫びながら。

別に家事は俺が好きでやっているのだし気にしなくていい、と思ったが、二宮くんはそう考えていないらしい。
「俺が作った朝ご飯を『美味しい』って食べてくれたら、それでいいよ」
素直な気持ちでそんな妥協案を提案してみると、困ったような笑顔を浮かべた二宮くんに「それじゃ、俺が嬉しいばっかりじゃん」と言われてしまった。が、とりあえずそれで納得してくれたらしい。その後二宮くんはせっせと俺を手伝いながら、つどつど俺の体調を気にかけてくれた。

鮭の塩焼きに、だし巻き卵。漬け物数種と味噌汁に白ご飯。本当に飾り気のない、いつも通りの朝ご飯だったが、二宮くんはそれはもう嬉しそうなにこにこ笑顔で「美味そう。ありがとう」と感謝を示してくれた。

日が昇っても、まだしんしんと寒い台所（ヒーターはつけているが、隙間風が吹き込んでくるのだ）、二人向かい合って「いただきます」と手を合わせたところで、ふと二宮くんが動きを止めた。

味噌汁の椀を持ったまま、俺が「二宮くん？」と問いかけると、二宮くんはハッとしたような顔を俺に向けた。

「どうしたの？」

「あ、いや、いやー……」

少し言い淀んでから、二宮くんは「んんっ」と喉の調子を整えるように咳払いした。そして、少しだけ斜め下を向くように顔を下向ける。

「…………かな、って」

「ん？」

言葉の前半部分が「もにょもにょ」としか聞き取れず、俺は首を傾げるようにして二宮くんの方に耳を傾ける。

「一緒に暮らしたら、こんな感じなのかな……って考えただけ」

「え？」

言い終えた二宮くんのその耳が、かーっと赤く染まっていく。一緒に暮らしたら、というのはつまり、俺と二宮くんが……ということだろうか。いや、確実にそうなのだが。

「あ、……うん、そうだね、うん」

何故かつられるように恥ずかしくなってしまって、俺も言葉に詰まってしまう。

台所の、高い位置にある窓から燦々と朝日が差し込んで、食卓と俺たちの手を照らす。その眩しさに思わず目を瞬かせてから、俺はもう一度「うん」と頷いた。

「いつか、八重沼と暮らせたらいいな、って」

「うん」

「つまり、あー……それくらい長く一緒にいたいってことだから」

「うん」

わかってる、と何度も頷くと、二宮くんは「うん、まぁ、そういうこと」と嬉しそうに微笑んで締めくくった。

今から朝ご飯を食べなければならないのに、なんだか胸がいっぱいになってしまって。俺は俯いたまま、味噌汁をひと口だけ啜る。ほわ、と温かさが胸の中に広がって、俺は「ほ」と息を吐く。

(俺も、ずっと一緒にいたい)

ご飯を食べ終わったら、ちゃんとそう伝えよう。そんなことを考えて顔を上げると、同じく味噌汁を飲んだらしい二宮くんが、やはり「ほ」とした顔をしていた。いつもはつり上がり気味の眉が少しだけ下がっていて、なんだか妙に幼げでかわいい。

(いつか……)

いつか、この顔を毎日見られるような関係になれたらいいな。

そんなことを考えながら、俺はまたひと口味噌汁を啜ってもう一度、ほ、と幸福の吐息を溢した。

終

あとがき

初めまして。伊達きよと申します。この度は『もう好きって言っていい？』をお手に取ってくださり、ありがとうございます。

今作は「はじめて」をテーマに書いた作品になります。

主人公のヌカちこと八重沼奏は、趣味は糠漬け作り、自身の見た目には無頓着、友達もろくに出来たことがないという高校生の男の子です。今作は、そんなヌカちがいわゆる「一軍」に所属する二宮と出会って、はじめて友達ができて、はじめて一緒に出かけて、そしてはじめての恋をして……そんな、たくさんのはじめてを体験していくお話です。そしてまた、二宮もヌカちと出会うことで色々なはじめてを知っていきます。はじめて尽くしの二人の様子を最後まで見守っていただけましたら幸いです。

物語はここで終わりとなりますが、登場人物達の人生はこれからも続いていきます。三年生になり友達も増えて、その魅力がじわじわ知れ渡っていくヌカちと、それを見てやきもきする二宮……。時にはすれ違ったりもするかもしれませんが、きっと約束の文化祭では二人仲良く回っていることだと思います。そんな彼等の未来に、ほんの少しでも思いを馳せていただけましたら、嬉しい限りです。

最後になりましたが、どんな時も的確なアドバイスをくださった優しい担当様、キャラクターたちを瑞々しい魅力たっぷりに描き上げてくださった衣田ぬぬ先生、校正、印刷、営業の各担当様方、この本の作成に携わってくださったすべての方、そして、数ある作品の中から、本作を手に取り、このあとがきまで読んでくださっているあなた様に、心からの感謝とお礼を申し上げます。

またいつか、どこかでお会いできましたら幸いです。

二〇二五年二月二十日　伊達きよ

伊達きよ先生へのファンレター宛先
〒104-0031　東京都中央区京橋1-3-1　八重洲口大栄ビル7F
スターツ出版（株）　書籍編集部気付　伊達きよ先生

もう好きって言っていい？

2025年2月20日　初版第1刷発行

著　者　伊達きよ

発行人　菊地修一
発行所　スターツ出版株式会社
〒104-0031
東京都中央区京橋1-3-1　八重洲口大栄ビル7F
TEL　03-6202-0386（出版マーケティンググループ）
TEL　050-5538-5679（書店様向けご注文専用ダイヤル）
URL　https://starts-pub.jp/
印刷所　株式会社　光邦
イラスト　衣田ぬぬ
デザイン　フォーマット／名和田耕平デザイン事務所
カバー／名和田耕平＋亀谷玲奈（名和田耕平デザイン事務所）

ISBN　978-4-8137-1706-5　C0193　Printed in Japan

この恋、ずっと見守りたい！
BeLuck文庫 好評発売中!!
隠木鶉／著
修学旅行で仲良くないグループに入りました
大人気"美形×平凡"BL作品が待望の書籍化!!
平凡で温厚な性格の高校生・日置は、仲の良い友達がひとりもいないクラスになって落ち込み中。修学旅行の班決めでブルーになっていると、超クールなモテ男子・渡会がいる班になぜか強引に招かれてしまう。渡会に対して最初は緊張していた日置だけど、渡会は常にそばにいて気にかけてくれた。そうして徐々に打ち解けあううちに、渡会の執着心が見えてきて…？「俺と友達になってほしい」「早く俺を選んで」「…抱き締めてもいい？」修学旅行から始まる悶絶必至の美形×平凡BL♡
ISBN:978-4-8137-1678-5 定価：792円（本体720円＋税）